白ゆき紅ばら

Good girls go to heaven, bad girls go everywhere.

Haruna Terachi

寺地はるな

光文社

白ゆき紅ばら

目次

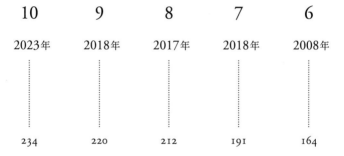

装幀　鈴木久美
装画・本文イラスト　石田加奈子

To：yuki moriyama

前にちらっと話していた『のばらのいえ』の件、正式に決まりました。来月には建物を取り壊してコインパーキングになる予定です。かわりないですか。元気にやっているかな。ちゃんとごはんを食べているかな。働きすぎていませんか。

こちらの状況については、心配いりません。

うちの子は一歳になりました。ここ数年で、世の中がすっかり変わってしまったね。気軽に会おうよとかなんとか言えなくなってしまったけど、きみらにとってはそのほうがよかったりするのかもしれない。

会えなくなっても、元気ならなにも言うことはない。とにかく元気でいてくれたらそれでいいけど、欲を言えばしあわせに過ごしていてほしいとは思っているかな。きみの日々がしあわせなものでありますように。いつもそう願っています。

1

2018年

赤という色がある。その鮮やかな色を、おさない頃のわたしはいつでも視界の端にとらえながら生きていた。わたしは赤い色を身に着けたことがなかった。自分の色ではない、と思っていたから。赤は紘果《ひろか》のための色だ。

はじめて会った時、彼女は胸元を赤く染めていた。その日、わたしは折り紙で星をつくっていた。家を出ていく前、実奈子《みなこ》さんは「いい子にして、留守番しててね」と言った。志道《しどう》さんもまた。今朝、ほかの子どもを連れて遊びにいく時に、そう言った。志道さんに遊びに連れていってもらえるのはいい子だけで、わたしはいい子ではないから連れていけないのだと、そういう意味のこともつけくわえた。

いい子にする。いい子にする。口の中で唱えながら、折り紙を続けた。紙で折った星は積み重なり、山になる。星の山は土を盛った墓のように見えた。土《ど》まんじゅう。すこし前に本で覚えた、「こわい言葉」だった。なんとなくぞっとして、六歳のわたしはそれ以上そのことを考えないようにした。

　どんなに慎重に積みあげても、星の墓はほんのすこしの振動で崩れた。わたしはわずかに苛《いら》立《だ》ちながら積みなおしては、また新しい星を折り続けた。星はクリスマスのための飾りだった。『のばらのいえ』にはサンタクロースがやってこない。『のばらのいえ』に住む人は、実奈子さんと志道さんが用意したプレゼントをもらう。色鉛筆、きれいなハンカチ、いろんな色とかたちの飴がはいった瓶。折り紙の星は、それらのプレゼントにくっつけるための飾りなのだ。数日前に「用意しといてね」と命じられた。

『のばらのいえ』はすべてのお母さんと子どもを守るための家です。その言葉を呪文のように唱えながら星を折る。

　わたしは守られる子どもじゃない。わたしはみんなと違う。実奈子さんたちのお手伝いをしている。みんながおでかけしているあいだにもひとりで留守番しながら星を折り続けるのは当然のことだ。当然のことだ、と教えこまれていた。

「祐希《ゆうき》、ちょっとこっち来て」

　実奈子さんの声が廊下から聞こえたから、こたつを飛び出した。家を出る時に予告したとおりに、女の子と男の子をひとりずつ連れて帰ってきていた。

　男の子は実奈子さんの背中に隠れるようにして立っていた。ひょろりと背が高く、小柄な実奈子さんの耳の位置に小さな頭があった。きょときょととせわしなく動いていた視線が、わたしの姿を認めた瞬間に張りついたみたいに動かなくなった。

1

2018年

女の子の上半身は、白い肌着一枚だった。肌着は鼻から流れ落ちる血を受けとめて赤く濡《ぬ》れ、ぺったりと身体《からだ》にはりついている。鼻の下や頬の血は、乾いて黒くかたまっていた。

「保《たもつ》くんと紘果ちゃんよ。兄妹《きょうだい》なの。この子たち、今日からわたしたちの家族になりまーす」

女の子が鼻血を流しっぱなしにしているという異様な状況にもかかわらず、実奈子さんの声は明るかった。ミュージカルみたいに、大きく手を広げてもいた。

紘果は六歳でわたしと同い年、保は十一歳だという。どこから来て、なぜ「今日からわたしたちの家族」になるのかという説明を実奈子さんはしなかったし、わたしも質問しなかった。なぜならそれは『のばらのいえ』では、当然のことだったからだ。

「血、だいじょうぶ？」

わたしが言うと、女の子はわたしをじっと見つめた。背中に届くほど長い髪はところどころもつれて、からまって、いくつもの毛玉をつくっていた。

みすぼらしい。『シンデレラ』の絵本で覚えたその言葉を、わたしは初対面の紘果に進呈した。みすぼらしい姿をしているにもかかわらず、とてもきれいだった。顔の下半分と胸元を血で汚し、にこりとも笑わなくても、それでも。紘果の美しさに圧倒されているわたしに保がずんずんと近づいてきた。「あ」と思った瞬間にはもう目の前にいて、いきおいよく抱きつかれた。保の身体からは、近所の犬のような臭《にお》いがした。

そんなことを思い出しているわたしの目の前に広がる赤い炎、と言いたいところだが、すで

1

2018年

に消火活動は終わっている。あたりはとっぷり暗い。そしてさっきまであがっていた炎は、赤というよりはオレンジがかっていた。

煤《すす》で汚れたわたしの頬は、おそらく灰色。部屋着のまま飛び出してきたから、身体はすっかり冷え切っている。カーディガンの前をそっとかきあわせた。

臭《くさ》い。さっきからずっと臭い。これだけ臭いと感心すらしてしまう。焚火《たきび》の香りは安心する（らしい）が、火事の臭いは胸がむかつく。さらにそこに集まってきた野次馬の体臭などが加わり、どうにも耐えがたく、わたしはついに鼻呼吸をあきらめた。

闇の中で人びとがうごめく。うごめく、などと殊更《ことさら》に不気味な言い回しを用いず、ただ「動きまわっている」と表現すればいいのかもしれないが、夕闇の中でせわしなく行き交う黒い輪郭の、このなんとも言えぬまがまがしさをひとことで言いあらわそうとすると、どうしても「うごめく」になる。うごめく野次馬。この突然の悲劇の一部始終を見逃すまいと、貪婪《どんらん》に目を見開いている。

わたしと同じく焼け出された『シンデレラハイツ弐番館《にばんかん》』の住人たちの姿も見受けられる。いま泣きながら誰かに電話をかけている女の人は一階のつきあたりの住人だ。いつも夕方に派手なかっこうで出かけて、朝方帰ってくる。暑かろうが寒かろうがおかまいなしに、肩か、足か、あるいはその両方を露出した服を着ている。だが今日は家でくつろいでいる最中だったのだろう、うさぎみたいなモコモコしたピンクの部屋着を着ていた。

消防隊員と警官が、住人たちに順繰りに声をかけている。わたしもさきほどいくつかの質問をされたが、自分がなんと答えたのかよく覚えていない。一階の真ん中の部屋から出火したらしい、という声が聞こえる。ああそうなんだ。他人事《ひとごと》のように思う。心がうまく動いてくれない。住人は全員無事らしく、それだけが救いだった。

さっきまで人だかりをつくっていた野次馬はもう見どころはないと判断したのか、徐々にその数を減らしつつある。火の勢いがすごい時はみんないっせいにスマートフォンを取り出して撮影していたが、いったいあの画像をどうするつもりなのだろう。SNSに投稿して、みんなで「いいね」「いいね」しあうのだろうか。想像するだけでめまいがしてきて、わたしはそのことについて考えるのをやめる。

火災警報器が鳴ったのは午後六時過ぎのことだった。葉書の宛名を書いていた。「様」まで記したところでふと目を上げ、「あ、もうこんな時間か」と思った直後だったから、よく覚えている。夕飯を済ませてお風呂に入ってすぐ寝よう、と考えていた。

先日誕生日を迎えてからこっち、夜更かしがつらくなった。肌はてきめんに荒れ、風邪をひきやすくなる。

このあいだティッシュ配りのバイトで一緒になった人にそのことを話したら「いやだ、あなたまだ二十八歳でしょ?」と目を見開かれた。彼女は五十代で、息子と娘がそれぞれ社会人と大学生になり、自由になった時間を労働で埋めているのだと言っていた。そして「人生って長いのよ、今からもうそんなにくたびれて、どうするの?」と眉を八の字にして笑った。

そうですよね、と一緒に笑うことしかできなかった。

1

2018年

わたしの老化はたぶん他の人より早い。大人になるのが、ならざるを得なかったタイミングが、他の人より早かったように。早いスピードで老いるのなら、きっと死ぬのも他の人より早い。なかばあきらめているが、積極的に死にたいわけではないので、早寝をして健康を保つ。わたしはまだ死なない。なんとしてでも生き延びる。

火災警報器が鳴り出した瞬間、「またか」と思った。『シンデレラハイツ弐番館』は、なにもかもが古かった。不動産屋さんの話によると、壱番館もあったのだが数年前に老朽化のため取り壊されたらしい。今では訪問介護の施設になっている。ここも数年後には取り壊される予定だと聞いてはいたが、それでも三年ぐらいは住めるだろうと考えていた。引っ越してきて、まだほんの数ケ月というのに。

『シンデレラハイツ弐番館』の、もとはクリーム色だったという外壁は長年雨風に晒《さら》されて灰色がかっているし、金属製の外階段の手すりは錆《さ》びて、古い油で揚げた鶏の唐揚げみたいな色と質感になっている。火災警報器も古かった。しょっちゅう誤作動を起こすため、住人からの信用はなかった。オオカミ少年みたいなものだ。でも今日は、ほんものの火事だった。焦げ臭《くさ》い臭《にお》いがしてきて、誤作動ではないと気づいた。わたしはとっさにスマートフォンとリュックを持ち出し、部屋を飛び出した。靴を履いてから、テーブルの上に置いた葉書を思い出し、土足のまま取りに戻った。運が悪ければ、あの数秒で逃げ遅れて死んだかもしれない。結果的に助かりはしたが、誤った判断だった。

外で人に会うと、よく「あなたのリュックいつも重そうだね」とか「一泊旅行でもするの」

とからかわれる。リュックにはありとあらゆるものが入っている。印鑑、通帳、防災用のアルミシート、大切な言葉を書きとめた小さなノート。常にひとまとめにしておかなければ、安心できない。家の中でも、それらのものをあちこちに広げたり放置したりしない。いつでも抱えて逃げ出せる状態こそが、もっともわたしを安心させる。

植えこみに座り、わたしは膝の上のリュックを抱きしめる。すこし離れたところで、若い男が佇《たたず》んでいた。帰ってきたら家が燃えてた、とへらへら笑いながら話している。ショックが大きすぎて感情表現を誤ったのかもしれない。そのまた先で、薄い毛布にくるまってぼんやりしている年配の女性が見える。彼女も住人だ。以前「安かったの」と、買ったパンをわけてくれたことがあった。声をかけようかと思ったが、言うべき言葉が見つからない。

祐希。わたしを呼ぶ声が、頭上から降ってきた。聞き覚えのある低い声に、リュックを抱く腕の感覚が消滅する。どこまでも深い井戸を連想させる、この声。忘れたことはない。だけど実際に耳にするのは、ひさしぶりだった。祐希。また聞こえるけど、幻聴だと思う。いや幻聴でありますようにと願いながら、ゆっくりと顔を上げた。そこに誰もいないことをたしかめるために。

幻聴ではなかった。わたしを見下ろしているその顔はたしかに、志道さんの顔だった。会わなかった、会わずに済んでいた時間のぶんきっちり老けていたけど、すぐにわかった。

「なんで」

問いかけるわたしの声は嗄《しゃが》れていた。しばらく声を発していなかったせいだ。

1

2018年

「なんで、ここ……」

志道さんは「迎えに来たんだよ」と怒ったような声で遮《さえぎ》り、わたしの腕を摑《つか》んで立ち上がらせた。なんでここがわかったのか、と訊《き》くつもりだったから、志道さんのその言葉は、まったく答えになっていなかった。だけどぜんぶ言えていたとしても同じことだっただろう。この人は昔からわたしの話をまともに聞かないから。


あきらかにチェーン店ではない雰囲気の、カフェとレストランの中間のような店のテーブルを挟んで向かい合い、あらためて顔を見た。顎《あご》の輪郭がたるみ、頰《ほお》にはいくつかシミが浮き、白目が濁っている。他の人がこの人を言葉で表現すれば、もっと好意的な単語が並ぶだろう。年齢のわりに若々しいとか、顔立ちが整っていて素敵だとか。わたしが底意地の悪い気持ちで観察しているから、こんなふうに衰えた部分ばかり目につく。

駅前にあることは知っていたが、一度も入ったことのない店だった。外看板に出ていたメニュー表を眺めて、自分がここで食事をすることはないだろうと判断した。一回の食事に千円以上の金銭を支払うということにたいしては「贅沢《ぜいたく》だ」とか「うらやましい」とかいう感情を通りこして想像すらできなかった。

「すこしでもなにか腹に入れなさい。食欲がないかもしれないけど」

志道さんがラミネート加工されたメニューをとって、わたしの前に広げる。信じられないことに、わたしは空腹だった。住まいが火事になった直後でも、いきなり現れた志道さんと向かい合っていても、メニューのチキンステーキを見て「こんがり焼けてておいしそうだな」と思える。神経が図太いのかもしれない。

「ハンバーグドリア。サラダも食べる」

メニューを閉じて宣言すると志道さんはちらっとわたしを見て「わかった」と呟《つぶや》いてから、離れたところにいた店員に向かって手をあげる。やってきた店員に、ハンバーグドリアとサラダを注文し、重ねて「軽めの、サンドイッチみたいなの、ないの」と訊《たず》ねた。

メニューに載ってないんだからないに決まっている。ふたつに分けて結んだ長い髪の毛先をかわいらしく巻いた店員は、わたしが思ったのと同じ内容のことをより丁寧な言葉遣いで志道さんに説明した。

わたしと目が合うなり「食欲が」と目を伏せる。火事現場の臭いを嗅いで「なくなった」のだという。昔から志道さんにはこういうところがあった。こういう、自身の繊細さを見せびらかすようなところが。汚い話をしながら食事ができない、枕が変わると眠れない。あとはなにがあっただろうか、そうだ、病気の人を見舞った後に、「胸がしめつけられて食事なんかとても喉を通らないよ」と嘆いていたこともあった。

それはきっと、志道さんの頭に燦然《さんぜん》と輝く王冠だったのだと思う。あくまでお前たちと自分は育ちが違うのだ、と示すための王冠。自分は施す側でお前たちは施される側なのだと、この優位性が損なわれることは一生ないのだと誇示するための王冠。大きくて重たげな、いかにも首が疲れそうな王冠。

1

2018年

「なんで電話に出なかった？」

「え？」

「電話したのに、出なかっただろう。大事な話があったのに」

数日前に知らない番号から何件か着信があったこと、それを完全に無視したことを思い出しながら「知らない電話番号だったから」と肩をすくめる。疑うように細められた目は、鉤《かぎ》づめの形状をしている。まともに食らえば肉が裂け、血が流れる。

十年前に『のばらのいえ』を逃げ出してから、一度も戻らなかった。

「電話番号、教えてなかったと思うけど」

「訊いたんだよ、あのおばさんに」

きみ香《か》さんのことだろうか。志道さんとそう歳《とし》は変わらないはずだが。きみ香さんは、わたしが十八歳から二十七歳になるまで勤めた『ホープ・フーズ』という会社の社長だ。入社した時は社長ではなく「ときどき手伝いにくる社長の娘」だったが、三年前に先代の社長が亡くなったために会社を継いだ。

「社長の娘」であった頃から、きみ香さんはわたしをかわいがってくれていた。「まじめだし、いい子だから」というのが理由だった。

彼女の言う通り、わたしは陰日向なく働き、気の合う人にも気の合わない人にも誠実に接するように努めていた。もともとのわたしにその性質がそなわっていたわけではなく、そうしたふるまいが結果的に自分を救うことになると知っていたから、意識して演じていた。演じているうちにそれこそが自分の本来の性質として定着してくれやしないかという淡い期待もあった。ただ「実家はどこなの？」と周囲の人に訊ねられた時だけは、いつも嘘《うそ》をついた。

ご両親さびしがってるんじゃない？　たまには帰ってあげたら？　そう言われるたび、わたしは微笑《ほほえ》んだ。なんの疑いもなくその言葉を口にすることのできる無垢《むく》と無知に。いっそ『のばらのいえ』が『オリバー・ツイスト』の救貧院のような場所だったら他人にも話しやすかったのかもしれない。とても過酷な環境でわたしたちはわずかな粥《かゆ》しか食べさせてもらえず、「もっとください」と訴えたら鞭《むち》で打たれました。そんな話を聞けば、誰だって「たまには帰ってあげたら」のひとことを呑みこんでくれる。

「さっき、迎えに来たって」

「うん」

「なんで？」

わたしの問いに、志道さんは薄く笑った。

「なんでだと思う？」

そこで言葉が途切れた。おかしそうに、いつまでも唇をゆるめて窓の外を眺めている。

「なにかあったの？」

腕組みした志道さんは答えない。「火事、災難だったな」と関係ないことを言った、そのタイミングで店員がハンバーグドリアとサラダを運んできてくれた。

ドリアにスプーンを挿し入れると白い表面に入った亀裂から湯気がたちのぼる。冷めるまで

1

2018年

待ってから口に入れ、それでもまだじゅうぶんに熱く、涙目になりながら飲み下した。志道さんはわたしが口内の熱さのためではなく、自分の言葉で泣いていると勘違いしているらしい。

「安心しろ。もう大丈夫だから」

志道さんはひどく満足そうな息を吐いた。湯船に浸かってでもいるかのように、頰がいい色に染まっている。

「このまま『のばらのいえ』に帰ろう。紘果も心配してるよ」

店に入る前に、志道さんは電話をかけていた。あの電話の相手は紘果だったのだろう。内容は聞き取れなかったが、わたしの名を三度ほど口にしたのが聞こえた。

二度と帰ってこないでね。紘果の声がよみがえる。何度も何度も、耳の奥で再生された、あのつめたい声。『ホープ・フーズ』に入って一年が過ぎた頃だったから、もう九年前になるのか。今しがた耳にしたばかりのように、はっきりと聞こえる。ちょうど季節も同じ。散った桜が歩道の端にしきつめられたみたいに落ちていて、白いリボンみたいに見えた。

二度と帰ってこないでね。祐希のこと、大嫌いだったの、ほんとうはずっと。

顔を上げると、鉤づめの目がわたしを捉える。

「いや仕事もあるし」

「嘘つけ。無職だろ」

あまりにもきっぱりと否定されて、わたしは食べものを喉につまらせかけた。『ホープ・フーズ』を辞めたのは、今年の一月のことだった。会社を辞めたら当然のごとく寮も出なければならなくなる。『シンデレラハイツ弐番館』に越してきた後はひとまず精密機械の部品をつくる工場の仕事と日払いのティッシュ配りのバイトをかけもちしていたが、数日前に工場のほうは短期契約が切れて無職になったところだ。

志道さんは噎《む》せるわたしを見つめ「やっぱりな」と笑っている。かまをかけられていたのだと知るが、もう遅い。

「祐希は嘘つきだからな」

薔薇《ばら》は赤い。菫《すみれ》は青い。砂糖は甘い。それと同じような調子で発せられる「祐希は嘘つき」。かつて何度も耳にした。紘果は素直。祐希は嘘つき。お前は「いい子」じゃないから遊びには連れていってあげない。

「大事な話って、なに」

スプーンでドリアを掬《すく》っては口に運ぶ。冷めはじめたホワイトソースは喉に絡みつき、なかなか飲みこめない。皿の前に屈《かが》みこむわたしに向けて放たれるため息の、切っ先の鋭利さに怯《おび》える。額から、じきに血が噴き出す。

「わかってるだろ」

「わからないんだってば。いったいなに」

「実奈子のことだよ」

「……実奈子さんがどうしたの。病気とか？」

もったいぶるように黙りこんだ志道さんがようやく発した言葉に、わたしはすこしも驚かなかった。今頃か、と思ったぐらいだった。

「実奈子は、死んだよ」

1
2018年

『のばらのいえ』と呼ばれる二階建てのその家は、赤い屋根にクリーム色の外壁をしたケーキみたいな家だった。庭はコンクリート敷きで、野バラどころか雑草ひとつ存在しなかった。

「手が汚れるし、虫も湧く」

ああいやだ、と眉をひそめるのが常だった。実奈子さんの眉はいつもごく細く、弓なりに整えられていた。眉をあんなにも細くしている人を、わたしはほかに知らない。細い眉は彼女を酷薄そうに見せた。若い頃に細い眉が流行《はや》っていたらしい。実奈子さんは自分が思う、いちばんきれいで輝いていた頃の姿を保とうとしていたのだ。

実奈子さんはわたしの父のいとこの娘だ。わたしは自分の両親には一度も会ったことがない。わたしが生まれた時、父は傷害だか窃盗だか、あるいはその両方だかで刑務所に入っていた。それが原因かどうかはわからないが、わたしの母は出産直後に精神を病んだ。生きていれば、今もどこかの施設で暮らしているだろう。

そういった経緯で、生まれてまもなく遠縁の家に引き取られることになった。その遠縁の家が盛山《もりやま》家、実奈子さんの両親の家だ。しかしわたしが三歳にもならないうちに、実奈子さんの両親は相次いで病死してしまった。

実奈子さんが志道さんと結婚したのは、その翌年のことだ。理由はふたつ。ひとつには志道さんの「両親を失った実奈子を支えたい」という思いと、実奈子さんの「死んだ両親にかわって、祐希を育てる」という決意。自分ひとりでは無理だ、と分析できる程度の冷静さが実奈子さんにはあった。もちろん、当時は、という意味だ。

「児童養護施設に預けたらいいって周りの人は言ったのよ。あなたたちはまだ若いんだから、そんな重荷を引き受ける必要はないのよって」

のちに実奈子さんは何度もそう語った。だから感謝してよね、と言いたげに。当時二十四歳の実奈子さんと二十五歳の志道さんが自分の子どもでもない三歳のわたしを育てようとした。それはたしかにすごいことだ。すごい。便利な言葉だ。複数の意味を含む言葉は、口にする人間の感情を曖昧なままにさせておいてくれる。

『のばらのいえ』と呼ばれていたといっても、近所の人はそんなふうには呼んでいなかった。ただの「盛山さんの家」。年月が経過してからは「しょっちゅう大きな物音や叫び声が聞こえてくる家」かもしれない。もしくはシンプルに「へんな家」とか。へんな人たちがへんなことをしているへんな家。

へんな人である実奈子さんたちは、けれども、わたしに靴を脱いだらそろえることを教えてくれた。字の読み書きを、折り紙で星をつくる方法を教えてくれ、たまご焼きをふんわり焼くこつや、手紙の最初に拝啓と書いたらおしまいには敬具と書くきまりを教えてくれ、学習机と辞書を買ってくれた。ランドセルだけは、実奈子さんたちが買ってくれたものではなかった。わたしも彼らも知らない人物が匿名で寄付してくれたものだ。

1

2018年

『のばらのいえの HAPPY DAYS』

実奈子さんが運営していたブログのタイトルを、今も覚えている。そこには実奈子さんが血のつながりの薄いわたしという子どもを引き取って育てていることや、学生時代にボランティアで海外に行ったこと、日々のあらゆる苦労や喜び、わたしの成長の記録などが記されていた。画像もふんだんに使用されている。わたしの顔が隠された幼稚園の入園式の記念写真。芝生の上で重ねられたわたしの小さな手と、実奈子さんの手のアップ。写真はすべて志道さんが撮っていた。大学で写真を学んでいたという志道さんは、実奈子さんに言わせれば「プロにならないのがもったいないぐらいの腕前」らしかった。

わたしは本名の祐希ではなく「yu」、実奈子さんは「＊ mi-na ＊」と表記されていた。志道さんのことは「パートナー」と。掲示板が設置されており、そこには「私たちも訳あって親族の子どもを引き取って育てています」と語る夫婦や、「ずっと自分の子どもがほしいと思っていたのですが実子にこだわる必要はないのではと気づき、涙がとまりませんでした」という女性の書き込みであふれていた。それらに返信をする時の実奈子さんは画面に向かって涙ぐんだり声を上げて笑ったりして、とても幸せそうだった。

実奈子さんの両親はともに公務員だった。父は教員で母は市役所に勤めていた。わたしには彼らと過ごした記憶がないが、物静かな人たちだったという。犯罪者の子どもを引き取ることについて葛藤はなかったのだろうか。数枚残っている写真には、赤ん坊のわたしにやわらかな眼差《まなざ》しを注ぐ彼らの姿がある。アルバムの写真の横には「一歳三ケ月　祐希ちゃんはじめてのあんよ」「二歳　はじめての動物園」といった手書きのコメントが添えられている。

犯罪者はさすがにわたしの父だけだったようだが、他の親戚も負けず劣らず「ろくでもない」連中だったと実奈子さんは言った。働いていなかったり、あるいは働いていてもギャンブルで借金をつくったりしていた。喧嘩《けんか》やその他の理由で歯が欠けている者が多かった。言葉よりも先に手が出る人たちだった。

実奈子さんの両親は常に「目立たないこと」を心掛けていたという。妬まれないように、恨みを買わないように。新しい服を着ているだけで「やっぱり公務員は違うねえ」と嫌味を言われる。だからめったに服を新調することはない。外食も極力しない。それはそれで「貯《た》めこんでるんだろ」と絡まれる要素にもなった。大嫌いだったと語る実奈子さんは、志道さんとの結婚と同時に、彼らとは完全に縁を切っている。

実奈子さんは小中と公立の学校に通い、私立の女子高に入学したあと、そのまま付属の大学へ入った。

「志道とは、インカレサークルで知り合ったのよ、ボランティア活動をするサークル」

最初に彼女からその話を聞いた時、わたしはまだ小学二年生で、「サークル」の意味がわからなかった。高学年の子がやっているクラブ活動みたいなものかと訊いたら、実奈子さんは「ぜんっぜん違う」と首を横に振ったが、なにがどうぜんっぜん違うかは説明してくれなかった。

ともかくその「サークル」は塾に行く余裕のない家庭の子ども向けに無償の塾を開いたり、福祉施設に行って手伝いをしたり、というような活動をしていた。志道さんは実奈子さんよりひとつ年上で「みんなを引っ張ってくれるリーダー的な存在」だった。実奈子さんが言うには「女の子はみんな彼が好き」で「恋人の座につくためならなんだってしただろう」、とのことだ。ちなみに実奈子さん自身はどうだったかというと、志道さんについて「とてもじゃないけど、手の届かない太陽みたいな存在」と認識しており、遠くから見つめるだけで精いっぱいだった。そんなふたりはボランティア活動後の打ち上げだかなんだかで泥酔した志道さんを介抱したのがきっかけで恋人になったのだという。

みんなの人気者だった彼が冴《さ》えない主人公をなぜか好きになる、という筋書きの漫画を、のちに実奈子さんの本棚から何冊も発見した。だからといって実奈子さんがわたしに語った志道さんとのなれそめがすべて嘘っぱちだ、彼女のつくり話だ、などと言うつもりはない。ただ、人は記憶の輪郭を歪《ゆが》ませる。そうであってほしいと、あるいはそうあるべきだというかたちに。

実奈子さんと志道さんの決断。自分の子どもではないわたしを育てるという、その決断。そこには彼らのボランティアの体験、さらにその活動がきっかけで結ばれたカップルであるという事実が大きく影響していたのだと思う。なかでも学生時代に出会った、自身が虐待を受けた過去と向き合いながら児童養護施設で働く女性は、実奈子さんに多大な影響を与えたようだ。「彼女は＊ mi-na ＊の、何倍も何倍も強い女性です。人は傷ついた分だけ優しくなれるんだと知った時、涙が止まりませんでした」と、のちにブログの記事でも当時を述懐して語っている。

「いつか＊mi-na＊も、彼女のようになりたい。悲しい思いをしてきた人たちの居場所になりたいんです」

その思いで『のばらのいえ』を立ち上げた。実奈子さんたちは『のばらのいえ』を、行き場所のない母子の居場所にしようとしたのだった。

『のばらのいえ』は母と子を守る家です。シングルマザー。ＤＶ被害者。生活が苦しい。仕事がない、住むところがない。理由はなんでもいい。困っている人の事情をこちらがジャッジする必要はない。『のばらのいえのHAPPY DAYS』にはそのように綴《つづ》られている。『のばらのいえ』には、いつも複数の母子が住んでいた。彼女たちに食事と住まいを提供し、いずれは自立できるように仕事などを斡旋《あっせん》する。そういうことを目的とした施設を、実奈子さんと志道さんはつくりあげた。

記事を公開するごとにアクセス数がすこしずつ上昇した。実奈子さんのブログは書籍化され、本の発売をきっかけに本名で活動するようになった。今ではもう、その本を書店で見かけることはない。でも当時は本を片手に『のばらのいえ』に来るような人もいた。ある若い女性など、頬を上気させて「サインください」と実奈子さんに本を差し出していた。

「わたしも実奈子さんみたいになりたいんです。実奈子さんのブログを読んで、わたしもかわいそうな子どもを救いたいと思いました。将来は福祉の仕事に就きたいと思っています」

あの彼女がその後どうなったか、わたしは知らない。福祉の仕事に就くという夢を叶《かな》え、今日もどこかで「救って」いるのだろうか。

「かわいそうな子ども」を。

志道さんが生まれた細田《ほそだ》家は、志道さんの祖父の代から細田建設という会社を営んでいた。志道さんは大学卒業後すぐに細田建設に就職した。役員になる将来は約束されていたが、代表取締役になるのは志道さんの兄だと最初から決まっていた。

「だから俺は、気楽な立場なんだよ」

そんなふうに笑っていた志道さんは、毎年祖父にあたる人から一定額の金銭を贈与されていた。いくつかのマンションを持たされてもいた。すべて「ソーゾクゼイタイサク」なのだと聞かされていた。ソーゾクゼイタイサク。呪文のようなその言葉の意味を、当時のわたしは知らなかった。ただ志道さんはお金持ちで、『のばらのいえ』の運営資金のほとんどを負担している、ということだけは理解していた。なにかというと実奈子さんが「わたしたちがごはんを食べられるのは志道のおかげなんだからね」と念を押していたから。

実奈子さんは志道さんについて語る時、夫とか旦那とか主人とかいう表現を一切使わなかった。あくまで「パートナー」だった。たしかに結婚はした、でも書類一枚で束縛し合うような関係じゃないの、わたしたちは同じ理想を共有する同志なんだから。わたしと志道は結婚しても、自分たちの子どもはつくらないって決めたの。

わたしにはその言葉の意味はよくわからなかったが、無理をしている時にはかならず浅くなる実奈子さんの呼吸には、敏感に反応した。

「もしわたしに赤ちゃんができたりしたら、祐希たちは嫌でしょう？　みんなのママであるわたしが、たったひとりの子のママになっちゃうんだよ？　あなたたちのために、わたし子どもは産まないの」

赤ちゃん。ぷっくりした頬と唇を持つ、小さな生きもの。すこし前に、生まれたばかりの赤ちゃんを連れて『のばらのいえ』に飛びこんできた人がいた。同棲《どうせい》相手に暴力をふるわれ、子どもを守るために逃げてきたのだと言っていた。半年ほど住んでいたが、ある日わたしが学校から帰ってきたらいなくなっていた。住むところが見つかったから出ていったのだと聞かされた。

赤ちゃんはかわいいよ、と言おうとしたが言えなかった。「あなたたちのため」という言葉は、わたしの口を塞ぐ見えない手だった。

一度、小学校の帰り道で志道さんを見かけたことがある。交差点で信号待ちをする車の中にその姿を見つけた。志道さんはハンドルに手をかけ、もう片方の手を助手席の、実奈子さんではない女の肩にまわしていた。


五十歳になる前に死ぬ、ということ。おそらく「はやすぎる」に分類される死だろう。でも実際には、老人になるまで生き延びるためにはたくさんの幸運を手に入れなければならない。長く生きるのが難しいような先天性の病気等を持たずに生まれてくる幸運。まともな家に生まれる幸運。通り魔や事故に遭わないという幸運。「ただ生きている」という状態をキープするのは、じつはそれほどたやすいことではない。

1

2018年

「実奈子さん、なんで死んだの？」

レストランを出ると、志道さんはわたしの肩に手を置いて、というよりはほとんど拘束するようにして歩き出した。どこに行くの、と訊ねても無視されたから質問を変えた。

「だいぶ酒を飲んでたから……」

後半声が小さくなってよく聞こえなかったが、なんらかの病気になったのだろう。十年前の時点で飲酒量が尋常ではなかった。

「急だったよ」

では発病してから間もない出来事だったのか。すでに火葬まで済んでいるという。葬儀はしなかった、と目を伏せたまま説明する志道さんの横顔からは、なんの感情も読み取れない。

実奈子さんが死んだ頃、わたしはなにをしていたのだろう。今年の一月頃だというから、ちょうど『ホープ・フーズ』を辞めてここにうつってきた頃だ。

コンビニの前を通りかかり、リュックのなかみを思い出す。そうだ葉書、と呟いてポストに駆け寄った。

「なに」

志道さんが訝《いぶか》しそうに首を傾《かし》げている。

「あ、うん……ただのアンケートの葉書」

志道さんの言う通りだ。わたしはすぐに嘘をつく。

「実奈子、死ぬちょっと前にお前に連絡しただろ？」

「実奈子さんからわたしに連絡が来たことなんて一度もない」

訝るような視線を頬に感じたが、無視した。わたしはときどき嘘をつく。でもこれは嘘ではない。

コインパーキングの黄色い看板が見えてきた。いちばん奥に停《と》まっている、銀色の車が志道さんのものらしかった。乗って、と助手席を指さす。昔見た光景がまたよみがえる。曇りの日で、交差点の信号はなかなか変わらず、志道さんの指は絶えず助手席の女の髪を弄《もてあそ》び続けていた。

「乗りたくない」

「話をするだけだ」

乗りたくない、ともう一度言った時、ダッシュボードに写真が飾られているのに気がついた。男女が頬を寄せ合う写真。外からではよく見えないが、女が実奈子さんでないことはわかった。

写真をよく見たくて、後部座席のドアを開けた。志道さんがフンと鼻を鳴らす。

「いつも後部座席に乗るのか?」

「いつもって?」

「ドライブの時とか」

ともにドライブを楽しむ友人など、わたしにはいない。わたし自身も運転免許すら持っていない。だって、お金がかかる。努力はただでできるけど、努力するための場所にたどりつくには、お金がかかる。

1

2018年

車に乗りこみ、急いで身を乗り出して写真を確認した。志道さんと頬を寄せ合うようにして写っている女は、紘果だった。写真の中の志道さんの手は、紘果の長い髪に触れている。昔、助手席の知らない女の人にそうしていたように。殴られたような衝撃を胃の底に覚え、視界が激しく上下に揺れた。

運転席に乗りこんだ志道さんはエンジンをかけたあと、しばらく腕組みしたまま黙っていた。永遠にこの沈黙が続くのかと危ぶんだ時、ようやく志道さんが「紘果が」と声を発した。

「まいっちゃって、俺の手に負えないんだ」

食事もしないし、どんどん痩せていく、心配だ、とのことだった。

「なんで？」

「なんでってお前」

「実奈子さんが死んだから？」

「そうだ。他にどんな理由があるんだ？」

紘果はそんなにも実奈子さんを慕っていただろうか。わたしの記憶にはなにか、致命的な欠損があるのだろうか。

「しばらくあいつのそばにいてやってくれないか、祐希」

今、なにもかもそのままになっているのだと志道さんは言う。遺品整理をしなければならないが、紘果は実奈子さんの部屋に入ることすら厭《いと》う。

「遺品整理なんか業者に頼んだらいい」

「業者か。つめたいな、祐希は」

わざとらしく顔を覆う。志道さんはわたしが『のばらのいえ』の手伝いをおろそかにするたびにこの仕草をした。テレビを見ていて皿を洗い忘れたとか、小さい子の面倒を見てやらなかったとか、そんな時に。いかにも悲しげに「お前にはがっかりしたよ」と顔を覆い、大きなため息をつくのだ。そのたび自分は途方もなく愚かで身勝手な子になったような気がした。

「つめたいと言えば」

志道さんの目元を覆っていた手がとりはらわれ、鉤づめがあらわになる。

「さっきから一言も聞かないな、お前。保のこと」

保。口の中でその名を繰り返すと、胃におさめたはずの食事が逆流しかけた。

ねえ待って、保は元気なの？　九年前のあの日、わたしは去っていく紘果の背にそう問いかけた。

「教えてやろうか。もういないんだよ、保は。お前のせいだ。お前のせいで、保はいなくなった」

「ちょっと待って。いないってどういうこと」

志道さんはため息をつくばかりで答えない。ようやく口を開いたかと思えば「保も実奈子もいなくなってしまった」という呟きが漏れたのみだった。それは「この世にいない」ということだろうか。

「いつ」

1

2018年

「十年前」

じゅうねんまえ。粘つく膿《うみ》のような声をしばらく耳の奥で持て余す。

「お前が出ていったあと、保は完全に取り乱して暴れ出した。家の外に飛び出していって、車にはねられたんだよ、お前のせいで」

「嘘」

そんな嘘つくわけないだろう、と志道さんが鼻を鳴らす。リュックを抱く腕に力がこもった。保が死んだ？　わたしが『のばらのいえ』を出て、すぐに？

「……でも、それと」

ダッシュボードの上の写真立てをさす指が震えてしまう。

「志道さんと紘果の、その」

保と実奈子さんが「いなくなった」ことと、志道さんと紘果とのあいだにおこったらしい変化にいったいなんの関係があるのかと言いたいが言えない。言ったら、ほんとうに吐いてしまいそうだ。飲みこんでも飲みこんでも生唾が湧いてくる。胃がかちかちの石みたいにこわばっていた。

「俺はお前たちの父親代わりだったからな」

含羞《がんしゅう》のためか、声が湿っている。そのことが、わたしの吐き気をさらに強めた。

「だから驚いたかもしれないけど、紘果は難しい子だし、あいつをいちばん理解してるのは俺だから。幸せにしたい、と思ってるんだ。いや」

ぜったいに幸せにするつもりだと続けた志道さんは照れたように窓の外を見ており、わたしは車を飛び出した。さっきまで美味《おい》しい料理だったものが、生あたたかいどろどろした嫌な臭いのするなにかになって、胃からせりあがってくる。いきおいよく吐くわたしを追ってきた志道さんが「うわあ、なにしてんだよ。もったいないな」と顔をしかめた。

えずきながらも必死に頭を巡らせた。考えろ。考えろ考えろ考えろ。どうすればいいのか今すぐ考えろ。もう誰にも頼れない。だから自分でなんとかしろ。紘果が志道さんと？　どうして？　いつから？

「間違ってる」

声に出して言ってみた。そんなの間違っている。どう考えたっておかしい。地面に唾を吐き、手の甲で口もとを拭う。

「わかった。『のばらのいえ』に戻る」

「そうか」

志道さんが満足そうに頷《うなず》く。

会って確かめる。そして今度こそ、紘果をあそこから連れ出したい。かならず。なおもこみあげてくる吐き気をこらえながら、口には出さずに、心の中だけで呟いた。今度こそ、かならず。

2

2000年

玄関のほうで大きな物音がして、志道さんが帰ってきたのだとわかった。

同じようにドアを開けて入ってくるだけなのに、志道さんのたてる音は実奈子さんや他の人の誰とも違って、ものすごく大きい。あまりにも勢いよくドアを閉めるからだと思う。持っている鞄《かばん》も、まるで床に叩《たた》きつけるみたいに置く。

志道さんが帰ってくると、身体の中で心臓がボールみたいに上下にはねる。小学校からの帰り道で大きな犬を連れている人に会った時みたいに、手のひらに薄く汗が滲《にじ》む。

犬がこわいと話すと、実奈子さんはいつも笑う。祐希ったらもう十歳でしょう、と。もう小さな子どもでもないのにそんなふうにこわがっているのはみっともないことらしい。それでもやっぱり、こわい。

犬に噛《か》まれたことがあるわけじゃない。それを言うなら志道さんもそうだ。叩かれたり、もっとひどいことをされたりするわけじゃない。でも、どうしてだか、わたしはあの人がとてもこわい。

志道さんは毎日帰ってくるわけではない。「出張」によく行く。「ゴルフ」にも。昨日までもそうだった。志道さんが泊りがけの「出張」に行っているあいだ、実奈子さんはよく泣く。いちおう人目につかない、けれども捜せば確実に見つかる場所で、お酒を飲みながら泣く。わたしが見ていることに気づくと「大人にはいろいろあるのよ」「なによ、そんな目で見ないでよ」なんて怒ったりもする。

「おおい、おみやげだぞー」

居間に入ってきた志道さんが、白い箱を大きく掲げた。今日は「ゴルフ」のほうだったようだ。クラブの入ったバッグをどさりと床に置く志道さんは、すこし酔っているようだった。

「おみやげ！」

居間の床に転がってチラシの裏に絵を描いていた真夕《まゆ》ちゃん、みづきちゃん、あっくんが同時に、甲高い、というよりは奇声みたいな声を発する。

去年、『のばらのいえ』の隣のお家《うち》の人が引っ越しをした。そのあとすぐに隣の家が取り壊された。工事をしているあいだはすごい音がして、それを嫌がった保は両手で耳を塞いで大きな声を出し続けていた。

隣の家がなくなって、その次に、隣の家と『のばらのいえ』のあいだにあった塀がなくなった。隣の家の建物と土地を志道さんが買ったから。『のばらのいえ』にやってきたお母さんと子どもたち専用の家をつくるために買った。

2

2000年

新しい建物が完成した日、わたしは紘果と手をつないで見にいった。重たくて大きいドアを開けると廊下があって、両側に三つずつ部屋がある。今は真夕ちゃんとそのお母さん、みづきちゃんとそのお母さん、あっくんとそのお母さんが、そこに住んでいる。

部屋にはトイレとお風呂がついているけど、台所はない。「食事は家族みんなで食べるもんだ」と志道さんは言う。だからみんなごはんの時間になると、居間に集まってくる。

金曜日の夜で、真夕ちゃんとみづきちゃんのお母さんはいない。真夕ちゃんのお母さんはお仕事だ。どんな仕事だとか、そういうことは知らない。ただ実奈子さんのお友だちの会社に「紹介してあげる」と話していたことは覚えている。夜勤もあるけど子どもたちは家で見といてあげるし、安心して働けるでしょ、と。実際「家で見る」のは実奈子さんじゃなくて、わたしだけど、実奈子さんはそのことは口にしなかった。

小さな子どもたちにお風呂のあとに身体を拭く時は顔とか腕だけじゃなくて足や背中もしっかり拭こうねと声をかけるのも。ごはんを食べたらお皿を台所に運ぶルールを教えるのも、ぜんぶわたしの仕事だった。真夕ちゃんは八歳、みづきちゃんは六歳だけど、どっちもヘアドライヤーの存在を知らなかった。

今夜は、みづきちゃんのお母さんも出かけている。仕事じゃなくて、パチンコかもしれない。みづきちゃんのお母さんは、前は一日中パチンコをやっていた。みづきちゃんはいつもアパートで待っていたけど、隣の部屋の人が「児童相談所に通報しますよ」と言い出したから、みづきちゃんのお母さんはパチンコ屋にみづきちゃんを連れていくようになった。でも中には入れないから、駐車場なんかで遊んでいたという。実奈子さんは通りがかりにそれを見つけ、話を聞き、あとは「むりやりひっぱるみたいにして」、住んでいたアパートから『のばらのいえ』に引っ越しさせた。そんなふうにして集まってきた人たちと、わたしはこの家で暮らしている。

『のばらのいえ』にはいろんなお母さんと子どもがやってきては、またどこかに行く。仕事や住むところを志道さんに紹介されて出ていく人もいるし、いつのまにか消えてしまう人もいる。やさしい人もいるし、意地悪な人もいるし、こわい人もいる。いつも悲しそうな人も。でもだいたい共通しているのは、一年ぐらいしかここに住まないということ。どんなに仲良くなっても、ひとたび出ていってしまえば、もう二度と会うことがなくなる。

「なに？　ケーキ？」

「見せて」

「食べたーい」

真夕ちゃんたちが口々に言いながら志道さんの足元にまとわりつくのをかきわけるようにして、志道さんは白い箱をわたしに差し出した。

「ほら」

箱を受け取ってぼんやりしていると、実奈子さんが「ひとりぶんずつ、皿にのせるのよ」と言った。

「ぐずぐずしないで」

「はい」

2

2000年

箱のなかみはすべてシュークリームだった。粉砂糖がかかっていて、甘い匂いがする。戸棚から皿を出しているあいだに、あっくんがさっと一個奪い取っていった。

「おいおい、そんなにがっつくなよ、みっともない」

志道さんが顔をしかめる。スーパーのレジ袋を畳んでいたあっくんのお母さんが、恥ずかしそうに下を向くのが見えた。

あっくんのお母さんは十六歳であっくんを産んだ。高校はやめちゃった、と言っていた。あっくんの父親のことはひとことも言わなかった。しばらくは実家で暮らしていたけど、あっくんのお母さんのお母さんとけんかして、家を飛び出して、そうしてここにやってきた。あっくんは今、三歳だ。

あたし頭悪くて。あっくんのお母さんはいつも言う。あたし頭悪くて、だけどあっくんは自分の手で立派に育ててあげるって決めたの、と。今はここで暮らしながら仕事を探しているけど、なかなか見つからないらしい。

テーブルに置いたシュークリームの皿を、ほとんどひったくるようにして真夕ちゃんとみづきちゃんが持っていく。大きな口を開けて嚙みついたら白いクリームがふたりの唇の下に垂れる。

「おいおいおいおいおいおいおい」

志道さんが両手を高く上げている。

「きみたち、なんか言い忘れてないかな?」

真夕ちゃんたちがさらにシュークリームを口に運ぼうとした手を止める。どうやらなにか言わなければならないらしいが、なにを言わなければならないのかわからない。わからないけど、このまま黙っていたらなにかよくないことがおこるのはわかる。そういう顔を、ふたりはしていた。

「ありがとう」

今にも消えそうな、細い声がした。紘果だ。気配を消したみたいに静かにソファーの隅にいたから、わたしでさえもそこにいることを今の今まで忘れていた。

「ありがとう、って言うの」

おお、と志道さんが声を漏らし、紘果の頭を撫《な》でた。

「えらいな紘果。そうだぞみんな。お菓子をもらったら『ありがとう』だ」

感謝の気持ちがない人間は、なにをやってもだめなんだ。志道さんがよく言うことだ。志道さん、ありがとう。ありがとう、志道さん。みんなが口々に言う。

あっくんのお母さんも「ほんとうにありがとうございます」と頭を下げた。おでこが膝につきそうなぐらい深いおじぎだった。背中に誰かのつめたい手が置かれたみたいだった。なぜかはわからない。図書室で借りた本に、食卓について家族がみんなで頭《こうべ》をたれて祈る場面があった。天にましますわれらの父よ。志道さんは神さまじゃない。

「でも、あんまりがつがつ食うなよ、特に女の子たち。子豚みたいに太ったらみっともないからな」

ははは。書かれた文字を読み上げるように笑いながら、志道さんは居間を出ていった。

「あの子は？」

ダイニングテーブルに肘をついた実奈子さんの言う「あの子」とは、保のことだ。

「自分の部屋だと思う」

「祐希、持っていってあげたら？」

保はたぶんこういうのは食べないいんじゃないかな、と思ったけど、言われたとおり皿を運んでいった。

『のばらのいえ』にはいろんなお母さんと子どもがやってきては、またどこかに行く。でもわたしと紘果と保は、どこにも行かない。行けない。

わたしたち三人は親のいない子どもだからだ。いや正確にはいる。わたしのお父さんも、紘果と保のお母さんとお父さんも。

紘果と保のお母さんとお父さんは離婚した後に、どっちもべつの家庭をつくった。新しい家庭のどちらにも、紘果と保は「いらない」と判断された。最初は児童養護施設に行く予定だった。でも保がそこを嫌がって暴れて、施設の人にけがをさせてしまった。それで志道さんに話がまわってきた。彼らと志道さんは中学の同級生だったのだそうだ。

紘果と保のお母さんは数ケ月に一度、お父さんのほうは年に一度、『のばらのいえ』に自分の子どもたちの様子を見に来る。いい子にしててね。ここの人たちの言うことを、よく聞いて。毎回同じことを言って、帰っていく。ただそれだけだ。紘果と保も彼らに「お家に帰りたい」

とは言わない。「また来てね」も。

鼻血を流しながら『のばらのいえ』にはじめてやって来た紘果は、すぐさまお風呂に入れられた。保はお風呂を嫌がってテーブルの陰に隠れてしまい、それを見た実奈子さんは「好きにさせてあげましょう」とかなしげに微笑《ほほえ》んだ。

かわいそうな子たちなのよ、ほんとうにかわいそう、と言いながらお風呂上がりの紘果の髪にブラシをあてる実奈子さんの手つきは、口調が強くなるとともに乱暴になった。ブラシの角が当たってとても痛そうだったけど、紘果はかすかに顔をしかめるだけでひとつも文句を言わなかった。

紘果はおとなしい子だった。保はよく泣き喚《わめ》いて暴れる。喋《しゃべ》るのがあまり得意じゃないのだ。暴れるだけで他人に暴力をふるったりはしないいんだけど、暴れる時の勢いがすごいから『のばらのいえ』に来た人はみんなこわがる。

はじめて会った時の紘果の鼻血も、保のせいだった。彼らを迎えにいった時、実奈子さんはプレゼントを用意していた。保には黒いTシャツ、紘果にはフリルのついたブラウス。紘果はその服をとても気に入って、その場で着替えた。

「そんなかわいい服、いっかいも着たことなかったもん」

お姫さまの服だと思ったと紘果は言った。紘果は『のばらのいえ』に向かう途中はしゃいでけらけら笑い続けた。笑い声に反応した保が両腕を振り回して、その手が紘果の顔面に当たって、それで両鼻から血が噴き出した。

2

2000年

実奈子さんは「あらあら、せっかくの新しい服が汚れちゃう」と言って、その場で紘果のブラウスを剝《は》ぎとったという。「もうすぐお家だからね」と言い聞かせて歩き続け、鼻血を拭くためのティッシュもくれなかった。もしかしたら持っていなかったのかもしれないけど。

実奈子さんは「変わっている」らしい。エリコさんがそう言っていた。エリコさんというのは去年、大きなお腹《なか》を抱えてやってきた人だ。実奈子さんはエリコさんのことを「まともに学校にも通っていないかわいそうな人」だと言っていたけど、エリコさんに言わせれば実奈子さんのほうこそ「人のことをどうこう言えるようなまともな人じゃない」らしい。

エリコさんはわたしのことを「江戸時代みたいな子」だと表現した。「だって小さいのに働かされてるし。昔の子どもって、奉公に出されてたんだよね？　エリ、祐希のこと心配だけど今はエリも自分のことで精いっぱいなんだよね、ごめんね」

エリコさんはある日突然いなくなってしまったが、いなくなってしまった後もエリコさんの言葉は残った。なにか変だなと思う時があっても「実奈子さんは変わってる」と口にすれば済むようになって、ちょっとだけ便利になった。だって実奈子さん、変わってるからな。しかたないな。しかたない、は便利な言葉だ。それ以上考えなくていいようになるから。

保の部屋に続く襖《ふすま》を開けたけど、保の姿はなかった。襖は開けたままにしておく。なにかあったら、すぐに逃げられるように。

保はよく壁を殴るから、あちこち穴が開いて、壁紙がはがれかけている。押入れの戸が内側から開いた。

「これ、置いとくよ」

シュークリームの皿を置くと、保はいらないと言った。

「やる」

保は腕を伸ばして皿を押し返す。粉砂糖が散って畳が汚れた。保はもう三日以上お風呂に入っていないし、窓もしめきっているから、この部屋の空気には色がついているように感じられる。保は外から聞こえる人の話し声や犬の鳴き声を嫌って、めったに窓を開けない。

食え、と保は繰り返す。祐希、食え。わたしがシュークリームを食べるのを、保はじっと見ている。押入れの暗がりで、白目の部分だけが光っている。保は十五歳だけど、学校には行っていない。受験もしないと思う。小学生の頃にいじめられてから学校を休むようになった。中学校には数えるほどしか通っていないはずだ。

保は自分のしたいことしかしないし、できない。紘果の鼻血を心配しているわたしにいきなり抱きついてきたみたいに。こんなことしたらおかしいとかだめだとか、そういう判断ができない。

わたしはあの時、すごくこわかった。荒い息がつむじのあたりにかかって気持ちが悪かった。急に大きい男の子に抱きつかれる意味がわからなかったし、なによりすごく恥ずかしかった。振りほどこうとすると保はいっそう腕に力をこめて、わたしにしがみついてきた。必死で実奈子さんを呼んだのに、実奈子さんは「あら、保くんは祐希が好きなのね」と笑っただけだった。

わたしが嫌がってもがけばもがくほど、実奈子さんは笑った。

2

2000年

「やめて、やめて」

泣き声をあげ、ようやく解放された頃には手のひらや首筋がじっとりと汗ばんでいた。

その晩、実奈子さんは帰宅した志道さんに「保くんはただ子どもらしく無邪気に好意を示しただけだと思うんだけど、祐希ったらへんに意識して恥ずかしがっちゃって」と、やっぱり笑いながら報告していた。トイレに行く時に、廊下までその声が聞こえてきた。

「女の子はませてるからな」

志道さんも笑っていた。ませていて、ジイシキカジョウの馬鹿な子だと笑っていた。

「ほんとうにそう。六歳で、もう女なんだもん。すえおそろしいわ」

ませている。ジイシキカジョウ。泥みたいな言葉だった。べったり張りついて、洗っても洗っても落ちない泥。

正直なところ、保とはあまり関わりたくない。でも保は実奈子さんの言うことも志道さんの言うことも、まったく聞かない。わたしが声をかけるとおとなしくなるということがわかってからは、実奈子さんも志道さんもわたしにまかせきりになった。学校行きたくないって？　じゃあしょうがないんじゃない？　あんた、適当にあの子にごはんあげといて。掃除もしといてあげて。だってあの子、そういうのできないじゃない。

保はまだじっとわたしを見ている。志道さんとは違う意味で、わたしは保がこわい。自分よりずっと大きな身体をした、わたしのことを好きらしい保が、だからこそこわくてたまらない。だってわたしは知っているから。男の人が女の人をどういう気持ちで見ているか、どういうことをしたいと思っているのか、どういうことをするのかも、もう知っているから。

開けたままの襖に目を向ける。いつでも逃げられるように。叫んだら聞こえるように。あれ以来保がわたしの嫌がることをしたことはない。でも、ただ今まではだいじょうぶだったという、それだけの話。「今まではだいじょうぶだった」は「これからもだいじょうぶ」とは違う。

「祐希、いる？」

襖から紘果が顔を覗《のぞ》かせる。保は紘果の声を聞くなり、押し入れの戸を閉めてしまった。わたしはほっとして立ち上がる。

紘果はもうパジャマに着替えていた。灰色の、あったかい裏地がついたパジャマ。襟と袖に赤いふちどりがある。ここに来た時、みづきちゃんはパジャマを持っていなかった。お風呂に入ったら服を着て寝て、そのままのかっこうで一日を過ごすと言っていた。真夕ちゃんは真夕ちゃんのお母さんのTシャツをパジャマ代わりにしている。かわいそうな子たち！　実奈子さんの声がすぐそばで聞こえたような気がした。ねえ祐希、パジャマも買ってもらえない子がこの世にはいるのよ。かわいそうね、と同意を求める声。かならずと言っていいほど、あとには「ねえ、だから」と続く。わたしのやってることは正しいよね？

わたしは間違ってないよね？　祐希。

顔を下に向けると、紘果の足の指先が赤くなっているのが見えた。この家にはスリッパがない。実奈子さんはわたしたちにパジャマを買ってくれるけど、スリッパは買わない。冬の子どもは足がつめたくなることを知らない。触ったことがないからだ。

買ってと言えば買ってもらえるのかもしれないけど、わたしたちはそのことを言えない。どうしてなのかはわからない。買ってもらったら「ありがとう」と言わなきゃいけなくなるからかもしれない。

「歯みがきした?」

「した」

紘果が口を開ける。左側の奥に新しい歯が生えはじめているのが見えた。

わたしは紘果の手を引いて、部屋に入った。保の隣の部屋だ。ひとつの部屋をふたりで使っている。布団を並べて、毎晩一緒に寝る。

枕元に『グリム童話集』があった。

「またこれ借りてきたの」

「うん」

小学校では週に一回、図書室に行く時間がある。みんなぜったいに本を借りなければならない、という決まりになっている。わたしはその日だけじゃなくて毎日図書室に行く。いろんな本を読むために。でも人気のある本はなかなか借りられない。人気のある本はみんなが借りるから、表紙なんかもぼろぼろになっている。紘果はいつも同じ本を借りる。この『グリム童話集』だ。

2

2000年

紘果たちが『のばらのいえ』に来たばかりの頃に、実奈子さんのブログの「ファンの人」から、洋服が届いた。双子の孫のおさがりを送ってくれたらしかった。同じサイズの、同じデザインの、白いワンピースと赤いワンピースが入っていた。それは紘果にはすこし大きすぎ、わたしにはすこし窮屈だったけれども、実奈子さんは「あら素敵」「とてもかわいい」と喜んだ。

「そうしてると、しらゆきちゃんとべにばらちゃんって感じね」

そういう童話があるのよと教えてくれた。図書室には『しらゆきべにばら』というタイトルの本はなかった。図書室の先生に訊いたら「ここに載ってるみたいよ」と、『グリム童話集』を出してくれたから、読めた。

まずしい女がふたりの娘と暮らしていました。庭には薔薇《ばら》の木が二本あって、一本は白い薔薇、もう一本は赤い薔薇でした。ふたりの娘はその薔薇にちなんで、「しらゆき」、「べにばら」と呼ばれていました。そういうお話だ。

布団の中にうつぶせで並び、本のページをめくる。紘果はこのお話が大好きだけど、字を読むことは好きじゃないから、わたしが音読してあげないといけない。

「とても仲の良い姉妹でした。ふたりともとても心が優しく、よく働き、いつでも陽気でした」

しらゆき、べにばら。確認するように、紘果の指がふたりの女の子の絵に触れる。もう何度も、何度も見た絵。文章ももうほとんど覚えてしまっている。

「天気の良い日は森に行き、お家では毎朝かまどに火をおこし、きれいにそうじをしました。お鍋はいつでも磨いているからぴかぴかで、そのお鍋のなかにはいつでもおいしそうなお料理がぐつぐつ煮えているのでした」

しらゆきとべにばらがいつものように森に出かける、その場面にさしかかった時、どんという大きな音がして、電気スタンドが揺れた。保が壁を殴っている音は何度か続いた。紘果が両手で耳を覆う。保の仕草にそっくりだ。

「だいじょうぶ」

だいじょうぶ、心配いらない。わたしは耳を塞いだ紘果の手の甲に唇を寄せて、しらゆきべにばらの続きを聞かせる。廊下で志道さんが「静かにしろ」と怒鳴る声がして、直後に一度だけ、ひときわ大きな音がした。襖を蹴ったのだ。

保が声を殺して泣く声が聞こえてくる頃にはもう、紘果は寝息を立てはじめている。唇が半開きになっていて、まぶたはうっすらと青みがかっていた。血は赤いのに、皮膚にすける血管が青いのは、わたしにとってどうしてもわからないことのひとつだった。わからないけど、そのことを考え続けている時間はわたしにはない。これからみんなが食べたあとのお皿を片付けないといけないけど、紘果にくっついてすうすうという寝息を聞いているうちに、だんだんまぶたが重くなってくる。このまま寝ちゃったら明日志道さんに怒られるかなあと思いながら、ついい目を閉じてしまった。

2

2000年

クリスマスが近づくと、わたしはたくさんの星をつくる。去年までは折り紙だったけど、実奈子さんが「なんか貧乏くさいよね」と言い出して、布でつくることになった。当日までみんなには秘密だから、わたしの部屋でつくる。型紙に合わせて切った二枚を縫い合わせ、すこしの綿をつめる。型紙はぺらぺらの紙じゃなくて分厚い紙がいいよ、と実奈子さんが教えてくれたから、型紙をつくるためにビスケットの箱を分解した。

実奈子さんと一緒に準備をしていると、紘果が「わたしもやる」と部屋に入ってきた。

「紘果にできるの？」

実奈子さんの声はシルバーのフォークみたいにつめたく尖《とが》っていた。

「ちゃんと教えてあげるから、おいで紘果」

わたしは言い訳するみたいに言って、紘果を隣に座らせた。

「こうやって型紙に合わせてしるしをつけるんだよ」

チャコペンシルを渡すと、紘果は真剣な顔で型紙を押さえる。

「もっと力入れて、濃く書かないと」

実奈子さんに言われて、紘果がぐっと指先に力をこめた。チャコペンシルが型紙を離れ、芯がぽきりと折れてしまう。

「あーあ、これだもんね」

実奈子さんがため息をつく。線がはみ出すぐらい、たいしたことじゃない。水で洗えばすぐに落ちる。でも紘果は「やっぱ、やめた」とチャコペンシルを置いて、部屋を出ていってしまった。

「紘果って、どうしてあんなに根気がないんだろ」

あんなんじゃ大人になってから社会でやっていけないと思うな、と息を吐いて、実奈子さんは紘果の「できないこと」を指折り数えた。アナログの時計が読めないこと。九九があやふやなこと。

実奈子さんの指がまだ縫い合わせていない、ぺらぺらの星をつまみあげる。星はジグザグを描きながら床に舞い落ちて、実奈子さんは震える手で星をつまみあげ、また落として、それを何度か繰り返したあと顔を背けた。

「この『のばらのいえ』の未来はあんたにかかってるね、祐希」

わたしは答えずに、針を動かすのに集中しているふりをした。見て、と完成した星を見せると、実奈子さんは「かわいい、かわいい」と歯を見せて笑った。

「みんな、喜んでくれるかな」

実奈子さんが遠くを見るような目をしている。この人はいつだって、心の底から誰かに喜んでもらいたがっているんだなとわたしは思う。そこにひとかけらの嘘も含まれていない。

2

2000年

「あ、電話」

実奈子さんがテーブルの上の携帯電話のボタンを押した。はい、と二度言ったあとに「ん、わかった」と口調がくだけたから、電話の相手は志道さんだとわかった。

「あと十分後に着くって。秋月《あきづき》さんたち、一緒だって」

秋月さんは「訪問」の人だ。

「紘果を部屋に入れておけって」

お願いね、と言った実奈子さんはもう笑っていなかった。携帯電話をポケットにしまって、部屋を出ていく。わたしも部屋を出て、紘果を捜した。

紘果は庭のコンクリートにチョークで絵を描いていた。

「紘果、こっちに来て」

「なんで」

なんで、と訊かれても、わたしにだってわからない。でも「訪問」の人たちが来る時、志道さんはいつも紘果を部屋に閉じこめておけという。どうして、と実奈子さんに訊いても「そんなことわたしだって知らない、どうでもいいでしょ」とめんどくさそうに首を振るだけだ。実奈子さんに「わからない」と言われたら、わたしはそれ以上質問してはいけないことになっている。

今日はどこに紘果を隠そう。実奈子さんの部屋のクローゼットか、それともいっそ外に出るか。迷ったけど結局わたしたちの部屋に入って、ドアの前に段ボール箱を置いた。

紘果はすこし不満そうにしながらも、部屋に入ると端切れをいじって遊びはじめた。

「見て、祐希。お花」

丸めた端切れを手のひらにのせて、わたしに見せる。

「うん。花だね」

「訪問」の人はおじさんばかりだ。実奈子さんが言うには「志道のお友だち」で、「だいたいみんなお金持ち」だという。彼らは『のばらのいえ』に寄付をしてくれる。お菓子を持ってきてくれる時もある。でもわたしはあの人たちがあんまり好きじゃない。こそこそと子どもたち

2

2000年

を見ては小声で話したり笑ったりするから、なんだか気持ちが悪い。一度、いきなり「がんばってね」と声をかけられたことがある。なにをがんばれと言われているのかちっともわからなくて、その後しばらく、ガス台の奥のほうのべたべたした汚れに触ってしまったみたいな嫌な感じが続いた。

なかでもいちばん嫌いなのは秋月さんだ。あきらかに他の人より来る回数が多い。秋月さんはすごく目が大きい。手も大きい。その目で子どもたちをじろじろ見たり、とつぜん頭を撫でたりする。ここにいる子どもはそうやって好き勝手に見たり触ったりしていいものだと思っている。秋月さんは「製薬会社のジュウヤク」らしい。セイヤク、ジュウヤク。

ほんとうは志道さんも「訪問」の人たちが好きじゃないのかもしれない。志道さんは紘果をすごくかわいがっている。かわいがっている紘果を、おじさんたちと会わせたくないっていうことは、それはつまりそういうことなんじゃないだろうか。

ぜったい出ないでね、と紘果に言い残して、わたしはまた部屋の外に出る。「訪問」の人たちは、今日はふたりだ。ソファーに陣取るふたりのあいだにあっくんが座って、絵本を見せていた。あっくんは宅配便や郵便の配達の人にまで話しかけてかまってもらいたがる。ひとりはうんうんと頷いていたけど、秋月さんはよそみをしていた。視線を辿《たど》っていくと、その先に真夕ちゃんとみづきちゃんがいた。紘果が置いていったチョークを使って、けんけんぱをやるために丸を描いている。

「あの子はきっと、すごくいい子なんだろうなあ」

秋月さんが志道さんにそう言うのが聞こえた。それが真夕ちゃんのことなのかみづきちゃんのことなのかもわたしにはわからない。志道さんがなにか答えようとしていたけど、台所でお茶を淹《い》れていた実奈子さんが「祐希、これ運んで」とわたしを呼んだから、なんと言ったのかは結局わからなかった。

クリスマス会は毎年、二十五日と決まっている。ケーキを買って、実奈子さんはフライドチキンやサラダを用意する。一昨年「ローストチキンを焼いてあげる」とはりきって鶏をまるごと一羽買ってきたけど、その頃にいた子どもたちがそれを気持ち悪がって、ぜんぜん食べようとしなかった。実奈子さんは泣いてしまって、わたしと紘果はがんばってぜんぶ食べようとしたけど、ふたりでは無理だった。

「今年はね、ボランティアの子たちが来てくれるの」

実奈子さんが卒業した大学の人たちで、ハンドベルを演奏したり歌ったり一緒に遊んでくれたりするのだという。きっと盛り上がるね、と実奈子さんは楽しみにしていた。

大学生の人たちは、三人来た。女の人がふたりと、男の人がひとり。あっくんは大喜びだったけど、その人たちが歌っている途中でみづきちゃんがいきなり泣き出した。みづきちゃんのお母さんが一昨日からずっと帰っていないせいだと思う。志道さんたちは「どうせ男のとこだろう」と難しい顔つきで話していた。「男と遊ばせるためにここに住まわせてやってるんじゃないんだけど」とも。

2

2000年

「ばかみたい、こんなの」

みづきちゃんが泣きながら叫んで、歌声が止《や》んだ。大学生の人たちは顔を見合わせ、気まずそうにしている。みづきちゃんは床にぺたりと座りこんで泣き続けた。

「そんなこと言わないでみづき、ほら」

実奈子さんが両手をとって、立ち上がらせようとする。みづきちゃんがその手を乱暴に振り払う。実奈子さんがわたしを見る。手伝ってほしいんだとわかったけど、気づかなかったふりで無視した。わたしはみづきちゃんの邪魔をしたくなかった。

ほんとうに、馬鹿みたいだった。知らない人のべつに上手でもない歌なんか聞いたってすこしもおもしろくない。どうして実奈子さんにはそれがわからないんだろう。

「みづき、せっかくお姉さんたち来てくれたんだから」

「うるさい」

実奈子さんうざい、ブスなおばさんのくせに、だいきらい、と喚きながら、みづきちゃんがものを投げはじめる。ティッシュの箱、人形、絵本。そのうちのいくつかは大学生の人の足にあたった。

「わたしたち、今日は帰りましょうか？」

大学生のひとりが言い、実奈子さんは「違うの、違うの」と必死に両手を振った。

「みづき、お姉さんたちに失礼でしょう。せっかく来てくれてるのに」

来てくれたとか、そんなこと関係ない。わたしたちには関係ない。みづきちゃんが暴れれば暴れるほど、わたしは気分がすっとした。たぶん真夕ちゃんも同じ気持ちだったんじゃないだろうか。みづきちゃんがテーブルの上のフライドチキンの皿をひっくり返し、実奈子さんが金切り声を上げた時、ちょっと笑っているように見えた。あっくんは怯えて紘果にしがみついていて、紘果はすこし青い顔をしていた。実奈子さんの叫び声に反応した保が大きな声を上げながら地団駄を踏み出して、居間はめちゃくちゃになった。

わたしは、悪い子だ。とつぜん、そのことに気がついた。だめだよみづきちゃん、と口先だけで制止しながら、心の中ではもっともっと暴れてくれたらいいと思っている。ぜんぶ壊してだいなしにしてくれたらいい。もっともっと実奈子さんを傷つけて、苦しめてくれたらいい。

暴れるみづきちゃんは、結局実奈子さんにひきずられるようにして別の部屋に連れていかれた。大学生たちは「帰ったほうがいいかな」と、また同じことを今度はわたしに向かって訊いたから、黙って頷いた。帰ったほうがいい、じゃない。帰ってほしい。

「いい関係を築けてない、てことなんだよね。実奈子さんと、ここの子どもたちはさ」

彼らのひとりが、靴を履きながらわたしを振り返った。

「うちら、いろんな施設まわったりするから、そういうのぜんぶ見えちゃうんだ」

「つらいよね、祐希ちゃんも」

「あなただってまだ子どもなのに、板挟みになっちゃって」

ひとりが目を潤ませた。エリコさんの言っていたことと似ているのに、ぜんぜん違う意味の言葉に聞こえた。

2

2000年

「負けないで」

ね、約束だよ、とわたしの肩に触れる。がんばって。負けないで。みんな同じようなことを、わたしに言う。

この人たちがわたしに言ってほしい言葉は「だいじょうぶ」、それだけだ。大人はけなげな子どもが好きだ。「ううん、だいじょうぶ。わたしは負けない」と強がってみせる子どもの心の傷を想像して、きれいなやさしい涙を流すことが大好きだ。

泣くのってきっと気持ちがいいんだろう。涙を流すと、すっきりするんだろう。だからわたしは彼らになにも言ってやらない。

志道さんが仕事から帰ってきた時、居間はまだそのままだった。フライドチキンの皿はひっくり返ったまま、物は散らばったまま。

「いったい、なにがあった？」

「べつに」

実奈子さんはあのあと泣きながらお酒を飲み続けて、すっかり酔っぱらっていた。真夕ちゃんたちは自分たちの部屋にいる。まだケーキを食べていないし、星とリボンでラッピングしたプレゼントも渡していない。実奈子さんのかわりに、わたしが今日おきたことを説明させられた。ちょっとでも言葉につまったり、考えたりすると、志道さんは「で？」と首を傾げる。で？　で？　すこしずつ声が大きくなっていく。

話を聞き終えた志道さんはふーっと長い息を吐いて、それからゆっくりと腕組みを解いた。

テーブルに顔を伏せている実奈子さんの頭を撫ではじめる。

「たいへんだったな、みー」

志道さんの骨ばった手が左右に動く。犬を撫でるみたいな手つきだった。志道さんは実奈子さんをたまに「みー」と呼ぶ。自分の機嫌のいい時か、実奈子さんの機嫌が悪い時に。

「わたし、もう無理よ」

ほんとうにもう無理、と訴える声は、まるめた紙みたいにくちゃくちゃだった。

「まともな育ちかたしてない子って、なんかみんなかわいくないのよ。親のほうも同じよね。助けてもらってるのに、ちっとも感謝の気持ちがないの。あの子たちは、ただでさえ社会では色眼鏡《いろめがね》で見られてるんだから。他の人より何倍も何倍もちゃんとしてなきゃいけないのよ。周囲に感謝して感謝して謙虚に生きていかなきゃいけないのに、そのことがまったくわかってないのよ、いつになったらわかってくれるの？　もう、うんざり」

「でも、そういう親や子の居場所をつくってやろうって約束したんじゃないか、俺たち」

「そうだけど、でも」

「そんなの、みーらしくないよ」

志道さんの口調が強くなるのに比例して、実奈子さんの声は細く、頼りなくなっていく。みーらしくない。実奈子さんらしいってなんだろう、とわたしは思う。いつでも誰かに喜んでほしがってて、その誰かが自分が期待したとおりの喜びかたをしなかったら怒って泣く、それがわたしの思う実奈子さんらしい実奈子さんだ。

て、わたしも持ってない。

「でも」

「みー、みーらしさを忘れちゃだめだ。自信を持てよ。もっと」

志道さんの言う言葉はシンプルで力強くて、そうしてなにひとつ、意味がわからない。それはたぶん今実奈子さんが言ってほしいことじゃない。だけど実奈子さんにかけるべき言葉なんて、わたしも持ってない。

2

2000年

さんざんに終わったクリスマス会から三日が過ぎても、みづきちゃんのお母さんはまだ帰ってこない。電話はつながるらしくて、実奈子さんが「あなた、自分の子どもがかわいくないの？」「とにかく戻ってきてちょうだい」と必死な声で説得しているのを何度か見かけた。

志道さんはクリスマス会のあとから、みづきちゃんにすごくやさしくなった。今日も「みづき、ちょっといいか」と声をかけて、みづきちゃんだけを車に乗せて、どこかに行った。志道さんは、ときどき子どものうちの誰かひとりだけを選んで遊びに連れていく。

「みんな平等に、っていうのも大事だけどさ。子どもっていうのは、やっぱり特別あつかいされたいんだよ。自分が他の子より愛されてるって思いたいの。自分を大事にする気持ちってそういうことで育つんだよ」

自分も子どもの頃、そうだったらしい。祖母が「お父さんとお母さんには内緒よ」と食べに連れて行ってくれたたこやきの味や「志道ちゃんにだけよ。お兄ちゃんには秘密」と握らせてくれた五百円玉の重みを大切に記憶していると。だから俺はあえて「えこひいき」するんだよ、という志道さんの話を聞いている時、実奈子さんは涙ぐんでいた。

前に真夕ちゃんが連れていかれた時は、パフェを食べたと言っていた。もっと前にここにいた子は、海に行ったらしい。波で濡れたから買ってもらったと言って、着ていったのとは違う服を着て帰ってきた。

「志道さんとみづきちゃん、どこ行ったのかな」

フローリングワイパーをかけている実奈子さんに話しかけた。

「さあ」

「どこかなあ」

「そんなことより手伝ってよ」

「うん」

差し出されたフローリングワイパーを受け取る。

わたしは志道さんのことがなんとなく好きじゃないし、こわい。でもそれはそれとして「えこひいき」してもらえるのはうらやましい。わたしもパフェを食べてみたい。海に行ってみたい。どっちも本のさし絵でしか知らない。

「いいなあ」

ため息をついた瞬間、頬に熱を感じた。身体がぐらついて、右半身をダイニングテーブルに打ちつける。実奈子さんに叩かれたのだと、すこし遅れて理解した。実奈子さんはわたしを打《ぶ》った右手を、左手でさすっていた。

「なにがいいのよ。馬鹿じゃないの」

「え」

「だいたい、しつこいのよあんた」

同じことばっかり何回も何回も、と吐き捨て、実奈子さんはわたしからフローリングワイパーを奪った。それはでも、実奈子さんの手を飛び出して横倒しになった。柄が床を打つ大きな音が響きわたる。

「もういい。あんた、あっち行って」

怒らせたとわかったけど「ごめんなさい」と言えなかった。言ったほうがいいとなんとなくわかったけど、どうしても言えなかった。

3

2018年

志道さんが急ブレーキをかけたせいで、身体が前につんのめって、シートベルトが肩に食いこんだ。過去から引き戻され、窓の外を覗く。ここがどのあたりなのかよくわからない。時計を見ると、八時を過ぎたところだった。夜はまだたっぷりと残っている。

「猫が」

運転席の志道さんが言った。急ブレーキの言い訳であるらしい。信号待ちでスマートフォンを覗き「紘果、起きて待ってるって」と言う。

「何時ぐらいに着く？」

「十二時……ぐらいかな」

紘果は高校を卒業してからはずっと家にいるらしい。

「なんにもしないで、お姫さまみたいに暮らしてるよ」

「紘果は、どうして就職しなかったの？」

3

2018年

志道さんが息を吐く。笑ったらしい。

「外で働くなんて無理だよ」

一年間のうち三百日ぐらいはずっと頭が痛いだとか身体がだるいだとかそんなことばかり言っている子にそんな無茶させられないよ、ほんとうに世話が焼ける、とやさしい声で続けた。

志道さんはそれから、自分が今も細田建設に勤めていること、数年前に役員になったことなどを話した。『のばらのいえ』の敷地内に建てたあのアパート様の建物を去年改装したことなども。玄関をオートロックにしたのだそうだ。運転をしている志道さんの顔は見えないが、得意げな表情なのだろうということは声の調子でわかる。

「利用者って、今はどれぐらいいるの？」

「今はひとりだけ」

「え、ひとり？　一組じゃなくて？」

志道さんが小さく舌打ちした。

「なってないんだよな、最近の女はさ」

志道さんがまた舌打ちする。常識がなさすぎる。助けてもらっているのに、謙虚さがないんだよ。ありがとうのひとつもない……昔はよかったよ、もっとこう……なあそうだよな祐希……。それらの言葉を聞き流そうと、わたしは車窓の外に気を取られているふりをする。いつかの実奈子さんと同じようなことを言っている。コンビニエンスストアの明るい光に射られて、ぎゅっと目をつぶっているあいだに、その光は後方に流れていった。

志道さんが言うには今『のばらのいえ』に住んでいるというその「ひとり」は、十七歳の女の子で、四歳ぐらいの頃に『のばらのいえ』にお母さんと一緒に半年ほど住んでいたらしい。

「未来《みらい》って子、覚えてないか」

記憶を攫ってみても、それらしい女の子の姿は浮かんでこなかった。その未来という子だけではない。あの子も、あの子も、あの子も、たしかに一緒にいたのに、顔や名前が思い出せない。もしかしたら思い出さないように、自分自身が蓋をしているのかもしれない。『のばらのいえ』に関する記憶に。

「祐希はどうだった、この十年間」

「どう、って」

「ひとりで生きていくって簡単なことじゃなかっただろ。自分がそれまでどれだけ庇護《ひご》されて生きてきたか、よくわかったんじゃないのか?」

ひとりで起きて、ひとりでご飯を食べて、仕事に行って帰ってきてまたひとりでごはんを食べてひとりで眠る。幸福だった。高校の卒業式の前日に『のばらのいえ』を抜け出した日からずっと。生活は楽ではなかった。でも志道さんが言うようなものではなかった。ただ何度も同じことを思った。ここに紘果がいれば。

「しばらくかかるから、寝ていなさい」

信号待ちで、志道さんは助手席に丸めてあったブランケットを取ってわたしの膝に放った。広げると花のような香りが漂った。女性用の香水の匂いだ。紘果は香水をつけるようになったのだろうか。

おそらくここで「ありがとう」と言うべきなのだろうと思い、死んでも言うものかとも思いながら目を閉じると、眠気が襲って来た。火事で焼け出された。志道さんに見つかった。実奈子さんが死んだ。保はそれよりずっと前に死んでいた。いろんなことがいっぺんに起こっている。十年止まっていたなにかが大きく動きはじめており、その「なにか」はもしかしたらわたしの望まない方向へと進んでいるのかもしれない。でも今はとりあえず、頭と身体を休めたかった。


同じ夢を繰り返し見る。クローゼットの夢だ。『のばらのいえ』にはウォークインクローゼットがあった。そこにおさめられているのはすべて実奈子さんの服だ。実奈子さんの留守中、よく紘果とふたりでそこに忍びこんだ。

色鮮やかなワンピースやフェイクパールのネックレスは、わたしたちのごっこ遊びをより豊かなものにした。身にまとうこともあったし、『しらゆきべにばら』のふたりが物語のクライマックスで発見する宝石に見立てて遊ぶこともあった。クローゼットは洞窟になった。森になった。時にお城になり、海になり、雪原になった。シェルターにも。家にも。

時々、紘果をそこに隠した。保がパニックを起こしている時や、「訪問」の人が来た時。頭からコートやジャケットをすっぽりかぶせて「ここで待っててね」と囁《ささや》いた。

保が学校にはほとんど行かないことについて、実奈子さんは「義務教育っていうのは、大人が教育を受けさせる義務のことなの、学校にぜったいに行かなきゃいけないわけじゃないのよ」などと言っていたけれども、保に家で勉強を教えている姿など見たことがなかった。

志道さんも実奈子さんも、保が静かにしている時はほったらかしだった。寝て起きて食べて暴れるだけの保は、人間らしい感情表現をどんどんなくしていった。

だんだんと音が近づいてくる。保がすぐ隣の部屋に移動してきたらしいことを知って、紘果が身をすくませた。

「だいじょうぶだよ」

紘果の肩を抱き、もういっぽうの手で背中をさすってやった。

「だいじょうぶだよ、紘果」

ふわふわした長い髪が鼻に入って、くすぐったかった。ほんとうはわたしもこわかった。あの頃の保には適切なケアが必要だった。大人になった今はわかっているけれども、その頃は暴れる保の存在を、ただ天災のようにおそれていた。首をすくめてやり過ごして、今日はおとなしくしてくれますようにと祈ることしかできなかった。

「だいじょうぶだよ、だいじょうぶだよ」と紘果に言い聞かせた。声が裏返らないように気をつけながら。紘果がわたしの膝に頭をのせたので、手のひらで耳を塞いであげた。手の甲に顔を寄せて、もうすっかり覚えてしまった『しらゆきべにばら』を話してきかせる。そうするうちに、紘果は眠った。この世の苦労などなにひとつ知らないような顔で。

3

2018年

目を覚ました時、車は停まっていた。運転席のシートが倒れていて、目元を覆った志道さんは軽く寝息を立てていたが、わたしが身じろぎするとすぐに身体を起こした。

「疲れたから、休憩してた」

目を擦《こす》りながら、ドリンクホルダーのペットボトルを手に取る。

「じゃあ、もうすこし寝たら」

無理して運転したあげく事故など起こされたらたまらない。車はサービスエリアのようなところに停まっているようだ。目を細めて、遠くの看板の文字を読み取る。

「いや、紘果が待ってるから」

再び車が動き出す。今日は夜の色がとりわけ濃くて、コーヒーゼリーみたいだなと思う。志道さんの車はやわらかいゼリーに無遠慮につっこまれるスプーンのようにまっすぐ進んでいった。

「ひさしぶりに会う気分はどうだ?」

ずっと紘果に会いたかった。口に出して言いはしない。黙っていると「質問してんだけど?」と声を尖らせた。

「どうなんだよ、なあ」

「べつに」

車内の空気がすっと冷えた。志道さんが左手で自分の顔の片側を覆う。

『のばらのいえ』から逃げた翌年、志道さんが『ホープ・フーズ』の寮を訪ねて来たことがあった。紘果も一緒だった。志道さんは「捜したぞ。どれだけ心配したと思ってるんだ」と声をつまらせ、紘果はそれを遮るように「二度と帰ってこないでね」と言い放った。「わたし、祐希のこと大嫌いだったの。ほんとうは、ずっと」とも。

背を向けて立ち去ろうとする紘果に縋《すが》るように「待って、保は元気なの？」と訊ねた。振り返った紘果のあの目が、今も忘れられない。

「聞いてどうするの？　捨てたくせに」

あんたの顔、二度と見たくない、とも紘果は言った。だからわたしは『のばらのいえ』に戻らなかった。電話もしなかった。許しを請う手紙を書くこともしなかった。保はあの時すでに死んでいた。志道さんが言うにはわたしの家出が原因で起きた事故だという。わたしのせいで保が死んだのだとしたら、あの時の紘果の態度にも説明がつく。

高速道路を降りて、しばらく走ると、見慣れた風景が現れた。もっとも、あの頃にはなかったものもいくつか点在している。コンビニ、ファミリーレストラン、マンション。車が停まると同時に、玄関の戸が開いた。写真よりも痩せた紘果が飛び出してくる。瞳に強い輝きがあった。

「祐希」

ドアを開けて降り立つや否や、紘果はわたしの肩を突く。

「どうして戻って来たの？　今さらなんの用？」

瞳が輝いているのは、怒りのためだった。志道さんがたしなめるように紘果の名を呼んだが、

3

2018年

おさえきれない愉悦が滲んでいた。もしかしてこの人はうれしいのだろうか。紘果がわたしを憎んでいることが。

「なにしに戻ってきたのよ」

さっさとどっか行ってよ、と声をはりあげ、紘果はまたわたしの肩を突いた。車のドアで背中を打ち、痛みに声を上げる。

「おい、やめろ紘果」

志道さんが紘果の肩を抱き、わたしに向かって「とにかく中に入ろう」と促した。

「なんで戻ってきたの?」

台所の流し台を借りて手を洗うわたしの後頭部に、鋭い声が投げかけられる。志道さんはなにか言いたそうだったが、長い時間運転をしてよほど疲れたらしい。「とりあえず着替えてくるから」と、目を擦りながら居間を出ていく。その背中を見送った紘果が、大きく息を吐いた。

「……座ったら」

志道さんの足音が遠ざかると、とたんに紘果の語気が弱まった。ダイニングテーブルの椅子を指さすので、頷いて腰をおろした。

「祐希」

紘果がわたしを見ながら、ゆっくりとその名を口にする。

「うん」

「祐希」

「うん」

言いたいことが山ほどあった。なにひとつ、言葉にならなかった。わたしはただ、目を大きく開いてわたしを見据える紘果をじっと見つめ続けた。

「さっきの、痛かった？」

紘果の声がぐっとひそめられる。志道さんに聞こえないか気にしているのだろうか。わたしは黙って首を横に振った。

紘果は手元にあったチラシを引き寄せ、ペンを走らせた。インクの出が悪いのか、もどかしそうになんども紙におしつけている。あ、という紘果のすこし震えた文字を、息を止めて読んだ。

あわせて
会わせてって誰に？　そう訊ねようとして、いや「合わせて」かもしれない、と思い黙った。合わせて。わたしに調子を合わせて？　紘果はそう言いたいのだろうか。ひとまず頷くと、紘果は紙をびりびりと破ってゴミ箱に捨てた。

「祐希なんか大っ嫌い。さっさと出ていってよ」

紘果がまた大声を上げる。いったんは「合わせて」に同意したものの、わたしはどういう反応が正解なのかまったくわからず、ただ小さな声で「ほんとうにごめん」と言うしかなかった。

紘果は首から下げていたチェーンを手繰り寄せている。ロケットペンダントのようなネックレスの蓋が開いて、白い錠剤が出てきた。

3

2018年

「それ、なに」

「頭痛薬」

水もなしに口に入れようとするので、そっとその手首を摑んだ。

「ごはん、ちゃんと食べてる？」

紘果は首を振る。

「食欲ないの」

「胃が荒れるよ、なにか食べてから飲んだほうがいい」

わたしにそれを教えてくれたのは、きみ香さんだった。頭痛を訴えたわたしに、鎮痛剤とともに小さなパンをくれた。

「冷蔵庫、開けるよ」

開けたはいいが、たいしたものはなかった。卵すらない。

戸棚の奥にオートミールの箱と粉末のコーンスープの素を発見し、これ使うよ、と見せると、紘果は怪訝《けげん》な顔をした。

「それなに」

「オートミール。紘果も知らないものがここにあるの？」

紘果が「……知らない。好きに使えば」と顔を背ける。

カフェオレボウルにオートミールと水とコーンスープを入れて、電子レンジで加熱する。どろどろしてまるで食欲をそそられないだろうが、なにも食べないよりはましだ。

「ほら、食べて。食べてから薬飲んで」

木の匙《さじ》で掬って、すこしずつ口に運ぶ姿を、頬杖をついて眺めた。唇が乾いて白くなっているのが痛々しい。

「どうかな」

「おいしい」

「よかった」

「……ごはん、いつも祐希がつくってくれてたもんね」

わたしに料理の基礎を教えてくれたのは実奈子さんだ。自分の母親から教わったことを、そっくりそのまま教えてくれたのだ。わたしがひととおりのことができるようになった頃には、実奈子さんは台所に立つことはほとんどなくなった。時折酒のグラスに入れる氷を取りに来る時以外には。

三分の一ほどの量を残して、紘果はカフェオレボウルを押しやった。

「お腹いっぱい」

もう薬、飲んでもいいのかな。上目遣いでわたしに問う。目の下がうっすらと黒ずんでいる。紘果はなにかを自分で判断するのが苦手なのだ。

「いいよ、薬飲んでも」

「ありがとう」

小さく息を吐いてから、でも、と紘果が続ける。

3

2018年

「戻ってきてほしくなかった。これは、ほんとうの気持ち」

「わかってる」

「わかってない」

紘果の瞳に涙が盛り上がり、大きな雫《しずく》がテーブルに落ちた。雫はいくつもこぼれて、水玉模様を描く。

「どうして戻ってきたの」

会いたかったから、と力なく答えた。

「紘果に、会いたかったから」

わたしは二度と祐希に会いたくなかった、と怒鳴って、わたしから顔を背けた。涙が頬を転がり落ちるのが見えた。

「保のこと、聞いたよ。志道さんに」

「その話はやめて」

紘果が椅子を蹴るようにして立ち上がる。

「待って、ねえ、保のこと。なんで教えてくれなかったの？」

「教えたらなんだっていうの？　祐希になにができたの？」

たしかにそうだ。わたしになにができたというのか。

「寝る。疲れちゃった」

「待って」

ふらふらと立ち上がって居間の奥の部屋に入っていく、その後を追った。

紘果の部屋はかつては二階にあったが、今は居間の奥の畳の部屋を寝室として使っているようだ。昔から使っていた実奈子さんのおさがりの箪笥《たんす》に、真新しいダブルベッド。ドレッサーの上には化粧品の類がなにひとつ置かれていない。志道さんのものだろうか、男ものの腕時計と、無造作に投げ出されたヘアブラシと、蓋に薔薇の絵が描かれた缶が置かれていた。

この缶知ってる、と口の中で呟く。『のばらのいえ』に来た客の誰かのおみやげだった。なかにクッキーが入っていた。わたしの視線を辿った紘果は缶の蓋を開け、四つ葉のクローバーをかたどったネックレスを取り出した。目の前に突きつけられたそれを、わたしはしばらくのあいだ見つめていた。

「返すね、これ」

いらないなら捨ててくれてよかったのに、と呟く声が掠《かす》れた。紘果はわたしの手をとり、ネックレスを落とす。返されたものをひとまずポケットに入れようとした。ただそれだけの動作がなかなかうまくできない。手が震えているからだ。

居間に戻ると、志道さんがさっきまで紘果が座っていた椅子で足を組んでいた。テーブルに残った食器のふちを、こつこつと人差し指の爪で叩く。

「飯食わせたのか、紘果に」

「すこしだけど。頭痛薬飲みたいって言うから」

頭痛薬、と頷いて志道さんはかぎりなく空っぽに近い冷蔵庫を開ける。ミネラルウォーター

3

2018年

のペットボトルを出して、直接口をつけて飲んだ。

「最近、紘果がまともに口にするのは薬だけだからな」

「そうなんだ」

「どれだけ言っても飯食わないし、寝ない」

困った子だよ、と息を吐く。家に帰ってきて緊張が解けたのか、口調そのものが若干ゆるみ、そのぶん下卑て聞こえた。

「なんで寝ないの？」

「実奈子の夢を見る、って。馬鹿だよな、あいつも」

わたしはなにも言わずに、その言葉を反芻《はんすう》した。この十年間、繰り返し同じような夢を見た。保の夢、家出に失敗する夢、クローゼットから出られなくなる夢。それでもわたしは「寝ない」という方法は選ばなかった。食べなければ死ぬし、眠らなければ死ぬ。わたしは生きる。なにをしてでも生き延びる。十年前にそう約束した。

「お前、どうやったの。再会して一時間足らずで、飯食わせて寝かせるなんて」

やるじゃないか、という志道さんの言葉は、おそらく賞賛ではない。訝しげにわたしを観察している。

「あんなに怒ってたのに、あいつ」

「怒ってるよ、まだ」

「そうか？　まあ、そうだな」

うれしそうに、「自業自得」と呟く。

空になったペットボトルをテーブルに置いて、志道さんがわたしに向き直る。話を逸《そ》らしたくて、室内を見まわした。

「あの、仏壇とかないの？」

「ああ。ない」

位牌《いはい》はどこかにある、と腰を浮かせている。

「いい、いいよ」

あわてて志道さんを制した。あったとして、どんな気持ちで手を合わせればいいのか、まったくわからない。とりあえず使ってくれと言われた部屋は二階のつきあたりの和室だった。かつてさまざまな人々がやってきて、ひととき暮らした部屋。かつてわたしの部屋だった洋室は今は志道さんの「書斎」だという。

部屋の隅に布団が積まれ、傍らにTシャツとスウェットが畳んで置かれていた。新品の歯ブラシなどもある。やけに用意がいい。わたしが紘果と話しているあいだに、ここまで用意してくれたのだろうか。

「なにか足りないものはあるか？」

「ない、と思う」

リュックを抱え直して、首を横に振った。志道さんから小さめの段ボールを手渡される。前にここにいた人たちが置いていった服だという。

3

2018年

「明日はこれを着ればいい」

奇妙な違和感をおぼえたが、「この家は他人を受け入れることに慣れているから」と無理やり自分を納得させた。

「風呂、最近リフォームしたんだけど使いかたとか、ちゃんとわかるかな。あるものはなんでも自由に使っていい。冷蔵庫の中のものも適当に飲んだり食べたりしてくれて構わない」

わたしはさっき見たばかりの、ミネラルウォーターとビールぐらいしか入っていない冷蔵庫内を思い出しながら「あ、うん。わかった」と頷く。

「遠慮するなよ、ここはお前の家なんだから」

わたしはリュックのなかみをひっぱり出すのに集中しているふりをして、黙っていた。違う。違う。違う。頭の中ではそう喚き散らしているくせに。

浴室はやたらぴかぴかしていた。広い浴槽に床暖房、浴室乾燥までついている。湯がはってあったがつからず、シャワーだけにした。

風呂から出て用意された部屋に戻ると、志道さんがいた。リュックに手を入れ、なにかを探すようにごそごそかき回していた。

深呼吸をしてから、なるべく静かに、けれども強く太い声を出そうと試みる。

「なにしてるの?」

わたしの荷物を探っているところを目撃されても、志道さんは驚かなかった。振り返って、「いや」と頭を振り、ゆったりと微笑みすら浮かべる。

「なんでもないよ、祐希」

それで終わりだった。「おやすみ」と部屋を出ていってしまう。志道さんはおそらく、わたしの持ち物を勝手に見る権利があると思っているし、だからわたし相手になんら釈明する必要もないと思っている。

追いかけていって、あなたにはわたしの荷物を勝手に見る権利などないのだと伝えるだけの勇気も体力もすでに残っていない。布団にうつ伏せに倒れた。あとは明日。明日、考えよう。あまりにも長い一日だった。


「大きな音」には、いつまでたっても慣れるということがない。燃えてしまったあのアパートは壁が薄くて、両隣が立てる生活音が丸聞こえだった。こちらの生活音も同様だったのだろうが。今しがた眠りを破った「大きな音」に驚いて、布団から跳《は》ね起き、音の出所を探す。窓の外で誰かが喚いているのが聞こえた。

窓から覗くと、家とアパートのあいだにふたりの人間が立っている。ひとりは男、もうひとりは女だ。女は若く、男は若くない。女は男に髪の毛を摑まれていた。傍らに自転車が倒れており、前かごから飛び出したらしい菓子パンがちらばっていた。男の足元で紙パックのレモンティーが踏みつけられ、なかみが流れ出している。

「やめて！」

女が鋭く叫ぶ。男が髪を摑んだ手を後方に引く。なぶるように、何度も何度も。警察を、と

3

2018年

スマートフォンを手に取ったが、あいにく充電が切れている。一階に降りたが、人の気配はない。まだ志道さんも絋果も眠っているのだろうか。適当に玄関に転がっていたサンダルをつっかけ、外に飛び出す。

「ちょっと！」

考えるより先に声が出た。

「なにしてるんですか！」

男は泣いている女の髪を摑んだままわたしを睨《にら》み「関係ないだろ」と怒鳴った。たしかに関係はないのだが、飛び出してきた手前、引っ込みがつかない。ありますと答えはしたが、語尾がいかにも自信なさげに上擦ってしまう。わたしは大声を出す人間がこわい。力の強い人間がこわい。でも、もっとこわいことがある。自分の目の前で誰かが痛めつけられること。

女がまたなにか叫んだ。なんと言ったのかまではわからなかったが、助けを求めてわたしに向かって手を伸ばしている。

「とにかく落ちついてください」

彼らを引きはがそうと試みたが、男は女の髪を引っ張る手に力を込めただけだった。悲鳴が大きくなる。ざっざっざっという足音が近づいてきた。

「その子に触るな！」

女の髪を摑んでいた男の肘がわたしの左目に直撃し、激しい痛みにふらついたわたしの身体を、誰かがしっかりと抱きとめてくれる。その誰かに抱えられたまま、頭上で発せられる「あ、こら」「待て」というような声を聞いた。遠ざかっていく男の背中が見える。

「だいじょうぶ？」

わたしを支えている「誰か」が言う。耳で聞くというより、額から伝わる振動で感じ取る。

「祐希、返事して」

なぜわたしの名を知っているのだろうか。心配そうに眉を下げて覗きこんでくる顔を数秒見つめて「あ」と声が漏れた。それきり、言葉が続かなくなってしまう。

「英輔《えいすけ》」

名を呼んだら、相手はなぜか眉を下げて泣きそうな顔になった。

髪を摑まれて泣いていた女はわたしに向かって何度も何度も頭を下げる。

「ごめんなさい。ごめんなさい」

頭を下げるたびに乱れた髪が空中で弧を描く。

「未来、夜勤明けだろ？　部屋に入ってろ」

まだわたしに謝り足りなそうな若い女を追い立てるようにして、部屋の前まで送っていく。閉まったドアの前で「ちゃんとチェーンもかけるんだよ！」と念を押し、英輔はわたしのほうを振り返った。

「見せて」

目を押さえていた手をどけると、彼は「うわー」と眉根を寄せた。

「どうなってる？」

3

2018年

「どうって、ひどいことになってるよ」

目の奥がどくどく脈打っているのを感じる。どんな見た目になっているのかはやく確認したかった。同時に、確認するのがこわいとも思う。

「あの、英輔」

「……うん」

ひさしぶり、と呟いてすぐにわたしから目をそらして、なぜか上を向いた。英輔は家の玄関の戸を開け放ち「ちょっと、志道さん！」「志道さん！　なにしてんだよおい！」と呼ばわった。頭に寝ぐせをつけた志道さんが居間の奥の部屋から出てきた。

「祐希が未来の親父《おやじ》に肘鉄食らわせられた」

志道さんは製氷機の氷を割ってビニール袋に入れ、タオルで包んでわたしの目にあてた。志道さんがその動作を終えるまでに、英輔は十回以上「なにやってんだよ」と志道さんを罵《ののし》った。言うたび声が大きくなった。脚を組み、ダイニングテーブルにもたれかかるようにして座っており、とても態度がでかい。

「志道さんさ、ダンゴムシ拾った小学生じゃないんだから。未来のことほったらかしにするのやめてほしいんだけど」

「何度も言ってるだろ。未来は勝手に押しかけてきて、ここに住みついてるだけなんだよ」

「だとしても責任があるんじゃないのって言ってんの。さっきのあの騒ぎの中ぐーぐー寝てたの？　それともなんか違うことしてた？」

志道さんの表情が、ごくわずかに変化した。不快さと、すこしの照れ。それからわたしには正体のわからないなんらかの感情が複雑に入り交じったようなその笑みは、見ていてあまり気分のよいものではなかった。

「わかったよ、わかったから黙っててくれ」

「俺はさ、他人を助けるとか保護するとかってさ、相当の覚悟を持ってやらなきゃいけないことだと思うんだよね」

「よく喋るなあ、お前」

志道さんは不機嫌そうにきつく眉根を寄せながら、椅子に座っているわたしの前にひざまずき、下から顔を覗きこんできた。

「痛むか？　祐希」

わたしがなにか言う前に「痛むに決まってるだろ」と英輔が鼻を鳴らし、わたしは思わず笑ってしまった。

「なに笑ってんの」

「べつに」

あわてて表情を引き締める。英輔は志道さんの甥《おい》だ。わたしと紘果の高校の同級生でもある。

「祐希、悪かった」

自分が殴ったわけでもないのに、志道さんはせつなそうに眉をひそめている。

「そういう謝りかたされると、謝られたほうはぜったい許さなきゃいけないムードになるから

3

2018年

たちが悪いよな。でも許せなかったら許さなくていいから」

　英輔の言葉の前半は志道さんに、後半はわたしに向かって発せられていた。下を向いた志道さんがごく軽く舌打ちしたのが聞こえた。

『のばらのいえ』における志道さんは常に絶対的な強者だった。志道さんのおかげでごはんが食べられます、学校に通えますと、日々繰り返し感謝しなければならなかった。でも英輔は違う。外の人間で、『のばらのいえ』に自由に出入りすることや、志道さんにたいして憎まれ口を叩くことのできる、唯一の人間。

「俺のこと、すぐにわかった？」

　わたしを見上げている志道さんの隣に英輔の顔が並ぶのを片目で確認する。

「うん、わかった」

　英輔。もう一度名を呼んだら、「あの頃」が一気に襲ってきた。体育の後の国語の授業の、眠気をさそう先生の朗読や、階段の手すりのすり減り具合や、放課後に飲んだ紙パックの乳飲料の甘ったるさ。チョコレートでコーティングされたバニラアイスクリームの味。靴がめりこむ砂のやわらかさ。あきらめて、手放して、忘れたはずのものたちが、わたしを苛《さいな》む。

「顔立ちがそのままだったからすぐわかったけど、雰囲気はすごく変わった」

　昔はもっと線が細かった。色鉛筆でていねいに塗り重ねた絵のようなすこしはかなげな雰囲気があった。今は輪郭も色も油性ペンを使ったように、くっきりしている。身体の厚みだって、一・五倍ぐらいになっている。

「でしょ。だって、鍛えたもん」

英輔は嬉《うれ》しそうに口の端を上げる。茶色い髪を振りたててにじりよってくるさまが大型犬のようだった。英輔は現在実家を出て『のばらのいえ』からそう遠くない場所にアパートを借りているらしい。

「祐希は、いつまでこっちにいるの？」

わたしへの質問だったのに、志道さんが勝手に「しばらく、かな」と答えた。

「祐希、紘果が起きたらなにか食べさせておいてくれないか？　今日は会社に行かなきゃいけない」

紘果はめずらしくぐっすり眠っているようだから、起こしたくないという。

「日曜なのに仕事？　なんの仕事？　そんな忙しいの？　ほんとに仕事？」

志道さんは矢継ぎ早に繰り出される英輔の質問をすべて聞き流し、わたしが目を冷やしているあいだにコーヒーを淹《い》れてスーツに着替えて出ていった。勝手に余ったコーヒーを注いで飲んでいる英輔に「はやく仕事に行け」と文句を言っていたが、英輔は「俺は休みですー」と平気な顔をしていた。

「どこ行くの？」

立ち上がったわたしを、英輔が不安そうに見上げる。

「コンビニ」

紘果になにか食べさせると言っても、オートミールと粉末スープしかないのではどうしよう

3

2018年

もない。英輔は「俺も俺も、俺も行く」と手を挙げた。

「じゃあ着替えるから、待ってて」

「ほんと？　勝手に行ったりしない？」

「ここで待ってて」

英輔は疑うようにいつまでもわたしを見つめていた。わたしが勝手にどこかに行くような人間に見えるのだろうか。見えるのだろう。実際そうだから。

リュックには着替えは入れていなかった。下は昨日はいていた部屋着のズボンに上は和室に用意されていた服、というかっこうで出ていくと、英輔は驚いたような顔でしばらくわたしの服を見ていた。

「え、どうかした？」

「いや、その服。どうしたの」

「あ、これ前にここにいた人が置いてった服なんだって」

フードのついた黒い服。ワンピースのように丈が長く、胸に大きめの、水色の雲みたいなアップリケがついている。

「うん。そう。……そうだな」

英輔はその人のことを知っているらしい。それ、とわたしの胸元の雲を指さす。

「その人の娘が縫いつけたんだ」

「そうなんだ。よく知ってるね」

英輔はわたしがその服を着ていることが気に入らないようだった。歩きながら何度も、ものいたげな視線を向けてくる。「これ着ちゃだめなの」と訊ねても、曖昧な返事しか寄こさない。

「借りてるだけだよ。わたしの服、たぶんぜんぶ火事で燃えたから」

「火事」

英輔がびっくりしたように呟く。

「そう、火事」

「さらっと言うね」

「おおごとすぎて、感情がまだ追いついてない」

同じアパートの住人であるあの若い男も、へらへら笑っていた。

「焼け出されてさ。途方に暮れてたら、志道さんが現れて」

「なにそれ。タイミング良すぎない？」

「……ほんとうにね」

もしかしたら志道さんが放火したのかもしれないね。そう英輔に言ったら、どう思うだろうか。そうだったらいいのに。そうすればわたしはその罪によって、志道さんを罰せる。

「とりあえず、服買いに行こ、飯食ったら。金がないなら俺が買ってやるよ」

「いや。うん、それはいい。自分で買う」

「目はどう？」

3

2018年

「痛むけど、ちゃんと見える」

歩いて数分のところに、真新しいコンビニがあった。英輔は棚からメロンパンやカフェオレの飲料等を迷いなく選び取っていく。わたしは紘果の食べられないもの、好きそうなものを思い出しながらゆっくりとカゴに卵や牛乳やパンを入れた。英輔が手にしているサンドイッチを見て思わず「それ、おいしそう。わたしもそれにしようかな」と呟く。

「うん、そうしなよ」

自分が選んだものをおいしそうだと言われて素直に顔をほころばせる英輔と向かい合っていると昔に戻ったような気分になる。戻れるわけがないのに。

「今日は天気がいいから、外で食べようよ、祐希」

わたしのカゴを取って、英輔はレジに向かっていった。


こっちこっち、と手招きする英輔の後をついて歩いていったら、高校生の頃に一、二度来たことがある公園に到着した。

「ここ、懐かしい」

「覚えてたの？」

市民の憩いの場、という位置づけで、遊具はない。中央に噴水があり、藤棚がつくられていた。もうすこししたら、きっときれいに咲くだろう。

「英輔はずっと同じ工務店に勤めてるんだよね」

「そうだよ。あたりまえみたいな顔して親の会社に入るっていうのもね」

志道さんにたいする皮肉だろうか。喋る合間にせわしなくサンドイッチを齧《かじ》る。蒸した鶏の胸肉にバジルソースがかかっていて、濃い味のチーズとよく合っていておいしかった。こんど真似《まね》してつくってみたいなと思う。「こんど」がいつになるのかはわからないが。

「さっきの子が『のばらのいえ』にひとりだけ住んでるっていう子？」

わたしの問いに、英輔は小刻みに頷いた。

「さっき押しかけてきたのは、未来の実の父親。『のばらのいえ』で母親と暮らしてたのは十三年前。『のばらのいえ』を出たあと母親が再婚したらしいんだけど、未来はその再婚相手と折り合いが悪かったみたいだね。中学ぐらいから家出の繰り返し。十六歳の時に父親のもとに身を寄せたんだけど、それがさっきのあれ」

「さっきのあれ、か」

「うん。まあ、あとはだいたい想像つくだろ？　父親の家も飛び出したけど行くとこなくて、昔住んでた『のばらのいえ』を頼ってきたみたい。でも志道さん、最初追い返そうとしてた。うちはあくまでも母と子のための施設だから、とか言って」

「そうだったんだ」

「でも未来も他に行くとこないからって粘ってさ。最終的になんだかんだで、受け入れたみたいだけどね」

母と子のための施設、と言っても今はそれに該当する利用者がひとりもいない。昔はいっぱいいたのにね、とわたしが言うと、英輔の表情が曇った。なにか言いかけて、やめる。わたしは黙って言葉の続きを待ったが、話さないことに決めたようだ。咳《せき》払いをして、未来の話を続ける。あの父親が押しかけてきたのは、今日がはじめてではないらしい。

「いつも志道さんに言ってるけど、セキュリティが適当なんだよな。オートロックなんてなんの役にもたたないんだよ。セコムもついてないし」

「セコム」

「そう。セコム大事でしょ？」

「大事だね」

サンドイッチの包みを丸めながらセコムの重要性について考えていると、ふいに英輔が言った。

「祐希、なんで戻ってきた？　志道さんにむりやり連れて来られた？」

「違う、自分の意思で」

「せっかく逃げたのに」

英輔の目を見返すのがこわい。そこになにが浮かんでいても、今のわたしはそれを受け止める余裕がないからだ。

「せっかく、逃げられたのに」

べたつく潮風。靴に入りこんだ砂。教室のざわめきと、足元に落ちた七色の光。英輔にまつわる記憶がわたしの手足をからめとり、身動きができなくなる。舌がもつれかけたが、なんとか言葉をつないだ。

「紘果を『のばらのいえ』から連れ出したかった」

「無理だろ、それは」

「どうして」

「だって、肝心の紘果にその気がないんだから」

『のばらのいえ』を出て、紘果に自由になってほしい。わたしの願いは、英輔に一蹴されてしまう。

「だから、紘果自身がそれを望んでないんだって。あいつ志道さんとできてるんだよ」

うっすらとした嫌悪が英輔の顔を歪ませている。

「紘果が、そういう生きかたを自分で選択したんだよ」

選択っていうのは、と言う声が掠れた。

「選択っていうのはそんなもんじゃない。紘果には『自分で選択したんだからしょうがないでしょ』って言えるほどのたくさんの選択肢が用意されていたわけじゃない」

なにもできない子。社会では通用しない子。そう言われ続けた紘果に、いったいどんな選択肢があったというのか。

正直に言うと、この十年、何度か英輔と同じようなことを考えた。そう結論づけようとした。わたしが置き去りにしたんじゃない、あの子が自分の意思で『のばらのいえ』にとどまったのだ。その結論はわたしの痛みを麻痺《まひ》させてくれる。痛みのもとを直視せずに済む。

3

2018年

「それでも、選択は選択だろ」

「紘果は『ここでいい』って言った」

必死で言葉をつないだら、喉の奥が割れたように痛んだ。

「『ここがいい』じゃなくて」

十年前、『のばらのいえ』を抜け出す直前、わたしは紘果に手を伸ばした。でも紘果はわたしの手を取らなかった。わたしはここでいい、ここにいる、そう言った。わたしを拒むように、かたく目を閉じたまま。

「言葉のあやってやつじゃないの。紘果は祐希が思ってるよりしたたかだよ。志道さんを利用してるんだから。価値観の押しつけはやめとけ」

英輔はわたしの肩に置こうとした手を宙に浮かせ、結局ひっこめた。たぶん気づいたのだろう。わたしが咄嗟《とっさ》に身をかたくしたことに。

「俺は、部外者だから」

英輔が唐突に立ち上がった。さっきわたしに触れようとした手は、今はポケットの中にしまいこまれている。

「部外者として、やることがある。志道さんのことは俺にまかせろ。紘果のことは紘果にまかせろ。祐希は、自分のことだけ考えればいい」

わたしは答えなかった。風が吹いて、残りの英輔の言葉をさらっていった。だから答えなくていいんだ、とも思った。

4
2006年

　高校という場所はどこもかしこもやたらめったら明るくて開放的につくられているんだな。中庭を横切りながら、いつも思うことをまた思った。窓がたくさんあって、中庭もグラウンドも、校舎から丸見えになっている。ひっそりと静かに過ごせる場所が存在しない。図書室ですら生徒のにぎやかなたまり場だ。

　今朝、紘果は「頭が痛いような気がする」という理由で布団から出なかった。だから今日はひとりで学校に来た。ひとりでお弁当を食べて、ひとりで帰る。

　中学時代、紘果とわたしの成績の差は大きく開いていた。わたしは担任の先生からいつも「盛山は、もうちょっとがんばったら北高《きたこう》だって狙えるかもしれないぞ」と県内でいちばん偏差値の高い高校の名を挙げてはげまされていた。

　でも志道さんと実奈子さんがそろって「祐希と紘果は同じ高校に行くべきだ」と主張し、志望校のランクを大幅に下げることになった。

4

2006年

紘果は「今からがんばって勉強する。祐希が志望校変えなくて済むように」と言ってくれたが、志道さんから「無理に決まってる」と言われると、あっさりあきらめてしまった。そうしてわたしたちは県内で最も偏差値の低い公立高校に行くことになった。

高校に入学してからも、紘果はいつもわたしのあとをついてまわる。小学校でも中学校でもそうだった。紘果は顔がかわいい。だから、とても目立つ。みんな最初は仲良くなりたがって近づいてくるけど、じきに離れていく。だって紘果ちゃんって「どっちでもいい」しか言わないんだもん、と言われていたこともある。つまんないからあの子ほっといて祐希ちゃんうちらのグループに入りなよ、と誘われたこともあった。それを断ったら翌日からみんなに無視されるようになった。

志道さんと実奈子さんは学校の役員を一切引き受けなかった。町内の活動にも参加しなかった。だからちょっと嫌われているのだという話を、おせっかいな同級生から聞かされて知っていた。小学校も、中学校も、わたしにとっては肩身の狭い場所だった。

高校は違う。そんな期待がなかったといったら、嘘になる。いろんな学校から人が集まってくる、新しい世界。誰も『のばらのいえ』のことは知らない。

なにか楽しいことが待っているような気がしていた。今までとは違う、なにか。

高校はたしかに、小学校とも中学校とも違っていた。校風もあるのかもしれない。進学する生徒と就職する生徒が半々だ。

入学前はきっと荒れた学校なのだろうと心配していた。偏差値が低い学校の多くがそうであるように。だが実際は、笑ってしまうぐらいのんびりしていた。

生徒手帳には数ページにわたって細かな校則が書かれていたが、ちっとも守られていなかった。校則をちゃんと読んでいたのは、もしかしたらわたしだけだったのかもしれない。

先生たちも放任主義で、髪を染めたりパーマをかけたりしている生徒にもなにも言わないどころか、時には「似合ってるね」なんて声をかけたり、漫画の貸し借りをしたりしている。

高校に入ったら、紘果はまったく目立たない生徒になった。他の女子生徒が華やかだからか、すごく地味に見える。見る人が見ればきれいな顔立ちをしていることはわかるはずだが、人は意外と人の顔立ちというものをじっくり見ない。ぱっと見の雰囲気で、かわいいとかかわいくないとか判断する。だから現在の紘果はおそらく「しょっちゅう体調不良で休む影の薄い子」程度の存在なのだろう。

影の薄さでは、わたしもひけをとらない。けれどもそれは、ありがたいことでもある。期待していたような楽しいことは待っていなかったが、干渉されないのは楽だ。

教室は、まぶしい。あたりまえのように親がつくった弁当を広げる子たち。放課後にファストフード店に寄る相談をしている子たち。わたしはあの子たちがすごくうらやましくて、だからこそ、まともに正面から見ることができない。いつも目を伏せて歩く。だからもうすぐ夏休みがはじまる今日まで、誰の顔もちゃんと見たことがない。

そのくせ耳だけはしっかりと澄ませている。みんながどんな話をしているのかすごく気になる。女子の小鳥のさえずりみたいな声。男子のがさがさした笑い声。わたしの知らない、知る

4

2006年

方法もわからない、漫画かなにかの登場人物の名らしきものを叫ぶ声。愛しい人の名を呼ぶ声のように、甘くてべたついている。

彼氏ができた。ふられた。親と喧嘩した。お腹すいた。痩せたい。お金ほしい。あいつ腹立つ。眠い。ありとあらゆる感情の滲む声が、頭上や背中を通り過ぎていく。

今日は後ろの席で、男子生徒が英語の先生について噂《うわさ》していた。来月から産休に入るという先生の、大きなお腹について「『わたしは男とやりました』ってはり紙して歩いてるようなもんだろ」「恥ずかしくないのかな」と。

わたしは男とやりました。それは恥ずべきことがらであるらしい。でも、おれは女とやりました、は恥どころか誇るべきことであるらしい。彼らは「俺、腕の毛剃《そ》ってない女、無理」「女として見れない」とも言う。「女として見る」とはつまり性の対象として見るということではないのだろうか。女を性の対象として見るのに、実際に性行為をする女は蔑む。

わからない、と思いながら歩く。駐輪場に差し掛かった時、細田英輔の姿を見つけた。

「うちの甥も、お前らと同じ高校なんだと」

入学式の直前に、志道さんからそう聞かされていた。その時の志道さんは舌打ちでもしかねないほどに機嫌が悪かった。細田建設の社長である自分のお兄さんのことが、志道さんはすこし苦手なようだった。酔うとよく、「威張りやがって」とか「俺を小馬鹿にしてるんだ、あいつは」とぐちぐちこぼしている。苦手な兄の息子である英輔と同じ高校にわたしたちを行かせたことを後悔している。「あまり話すな」「仲良くするな」と釘《くぎ》を刺されていたが、同じクラスになった。

英輔はしゃがみこんで、なにかを見ていた。幼児が蟻《あり》の行列を眺めるような、ひたむきな様子だった。邪魔しないように静かに通り過ぎようとしたらいきなり「盛山祐希さん」と呼ばれた。

「見てよ」

以前から友だちだったみたいに、にこにこしながら手招きする。

「ほら」

英輔の足元に、七色に光るものがあった。

「ここに、虹」

なんのことはない。駐輪場の自転車の反射板の光が地面にあたっているだけの話だ。そう思ったのに、思わず「ああ」とため息が漏れた。

上を向いて歩かなきゃ、虹を見つけられない。そんな言葉が書かれたポスターを目にしたことがある。駅で見た時、破り捨ててやりたくなった。好きで下向いて歩いてるわけじゃない。だけどこんなふうに下を向いていても、足元に虹を見つけられる人もいる。

「手、出して」

わたしは腰を屈め、おずおずと片手を出す。英輔はわたしの手首をさっと摑んで、七色の光の上にかざした。地面にあった虹が、わたしの手のひらに移動する。

「虹、落とさないように、ちゃんと持って帰ってね」

あまりにも真剣な表情に笑うこともできず、握った手をポケットに入れた。いきなり手を摑まれてびっくりしたけど、どうしてだかすこしも嫌じゃなかった。

「前から話してみたかったんだ、盛山さんと」

恥ずかしくないのかな。教室で聞いた、べたついた声を思い出す。英輔は声も口調も、ベビーパウダーみたいにさらさらしている。

「なんで？」

「『のばらのいえ』、俺一回も行ったことないんだけど」

英輔は『のばらのいえ』について父親から「弟がやってる、慈善ごっこ」と聞かされていたらしい。

「志道さんも『わけありの人間ばっかり住んでる複雑な場所なんだよ、お前みたいなのが気軽に遊びにきていいわけないだろ』って言ってたし」

わけありの人間。複雑な場所。志道さんは、外の人にはそういうふうに話すらしい。

「で、そこに住んでる女の子がなんとふたりも俺と同じ高校に行くらしいって聞いて、どんな変な女の子なんだろうと思ってた。でも盛山さんはぜんぜんそんな感じに見えないから」

一体どんな感じに見えたというのだろうか。黙っていると、英輔はあわててたように言葉を継いだ。

「なんていうか、大人っぽいから。落ちついてる感じ。だからずっと話してみたいと思ってた」

大人っぽい、と繰り返してわたしは黙った。きちんと化粧をして、物慣れた様子でおしゃべりをしている他の女子たちのほうがよほど大人っぽいのに。老けているという意味かもしれない。それならわかる。子どもの頃に子どもであることを許してもらえなかった人間は、たぶんそうでない人間よりはやく老いる。

「仲良くしてよ」

そう言われて、考える前に頷いていた。スカートの布地の上から虹が入っているポケットに触れたら、すこし熱かった。

翌週には、さっそく英輔が『のばらのいえ』に遊びに来た。英輔の子どもの扱いかたは天才的で、あっというまになじんでしまい、わたしや紘果を驚かせた。

『のばらのいえ』には今、二組の母子が住んでいる。さゆりさんは夫の暴力に耐えかねて家を出た女性で、息子のかなたくんは二歳だ。誰にも懐かず、いつも母親の背中にしがみついているような子だったが、英輔とはあっというまに仲良くなった。

てるみさんは暴力とかそういうことではなく「価値観の違い」で離婚し、ひとり親になった人だ。経済的に困窮しており、娘のうららちゃんを連れて『のばらのいえ』にやってきた。うららちゃんはもともと人懐っこい子だったけど、英輔のことは会ってすぐにとりわけ好きになったようで、会うたび「お兄ちゃん、お兄ちゃん」とまとわりついている。

今日、帰り支度をしていると英輔が「俺も行く」と寄ってきた。

4

2006年

紘果と英輔の三人でいると、紘果はあまり喋らなくなる。遠慮してるみたいで、なんだかかわいそうで、はやくこの時間を終わらせてあげたいから自然と早足になってしまう。玄関のドアを開けると、うららちゃんたちが「やった、お兄ちゃん来た」と駆け寄ってきて、英輔はあっというまに連れていかれてしまった。

英輔が遊びに来る時だけ、『のばらのいえ』はぱっと明るくなる。

実奈子さんはここ数年、自分の部屋に閉じこもっていることが多かった。閉じこもって、お酒ばかり飲む。前は居間で飲んでいたのだが、子どもが間違えて口をつけてしまうといけないからグラスなどを放置するなと志道さんに叱られて、自分の部屋に持ちこむようになった。でも英輔が来ると、笑い声につられて居間に出てくる。

実奈子さんがお酒を飲み過ぎることについて志道さんはたびたび注意していたけど、最近はもうなにも言わない。以前はともにしていた寝室も、今では別々だ。志道さんは細田建設の仕事が忙しいらしく、帰りも毎晩遅い。

わたしは毎日居間で走りまわる小さい子たちを見ながら、夕飯を用意したり、洗濯物を畳んだりしなければならない。英輔が来てくれるとすこし楽になる。ほんの数時間でも、子どもたちを任せることができるから。

英輔に会えて、ほんとうによかった。地べたに虹を見つけられる男の子は、きっとものすごい力でわたしたちをみんなまとめて明るい方向に引っぱっていってくれるに違いない。そんな勝手な期待すらしてしまう。

「お兄ちゃん、犬の絵描いて」

「いいよ」

英輔が描いたへたくそな犬の絵を見て、うららちゃんが笑っている。こんなの犬じゃないよ、と。さゆりさんもてるみさんも覗きこんで笑い出す。かなたくんはよくわかっていないようだけど、みんなが笑っているから、にこにこしている。

「みんな笑いすぎ！　もういいよ！」

拗《す》ねたように言いながらも、顔は笑っている。英輔が台所に入ってきて、わたしの手元を覗きこんだ。

「なにつくってるの」

「カレー」

てるみさんが手伝ってくれたから、今日は楽だった。利用者のなかには手伝ってくれる人もいるけど、なにもしない人もけっこういる。そもそも料理や掃除ができない、やりかたを知らない、という人もいる。洗濯機の使いかたから教えないといけないような人だっている。英輔に話したら「大人なのに？」と驚いていたけど、ちっともめずらしいことじゃない。恥ずかしいことでもない。今まで覚える機会がなかったという、ただそれだけのことなのだから。

一瞬みんなの笑い声が止んで、どうしたのかと振り返ったら、保がのっそりと立っていた。うららちゃんが急いで母親の背中に隠れた。以前、保がパニックを起こして唸《うな》り声を上げ続けたことがあった。それ以来、うららちゃんは保に怯え続けている。

4

2006年

二十一歳になった保には、おそらく必要なものがある。カウンセリングとか、治療とか、よくわからないけどそういう言葉で表現されるようななにか。でも志道さんは「ほっとけ」としか言わない。今でも月に一度来てお金だけ置いていく保と紘果の親も同意見で、大人たちの総意によって保は公然と放っておかれている。

「お腹空《す》いてる？」

わたしの問いに、保は反応しなかった。乱暴に冷蔵庫を開け、ミネラルウォーターのペットボトルを摑み、英輔を睨みつけて台所を出ていった。

「俺、嫌われてるな」

保の部屋のドアが閉まると同時に、英輔が呟いた。そんなことないよと言うのもしらじらしいので黙っているしかない。

「祐希をとられる、って思ってるのかもね」

居間から紘果のか細い声がしたが、わたしは答えなかった。うららちゃんが英輔を呼んだ。

「つぎは猫の絵描いてよー」

「もう嫌だよ、俺」

そう言いながらも、英輔はうららちゃんたちの輪に戻っていく。入れ替わりみたいに、てるみさんが鍋の様子を見にきた。

「これ、もうルー入れちゃおうか」

「そうですね」

カレーのルーを割り入れながら、てるみさんが「英輔くん、ぜったい祐希ちゃんのこと好きだね」と目配せしてきた。

「そんなことはないと思います」

「ま。照れちゃって、かわいい」

つきあっちゃえつきあっちゃえ、と冷やかすように肩を揺すって、それからすこしまじめな表情になって「わたし、応援するよ」と呟いた。

「……ありがとう、ございます」

「デートとかしてきなよ。高校生なんていちばん遊びたい時でしょう」

それなのに『のばらのいえ』の手伝いばかりさせられてかわいそうだ、とてるみさんは眉をひそめる。前にもそんなふうに言ってくれた人がいたけど、わたしはもうその人の名前を思い出せない。

「祐希ちゃん、恋をしなさいよ」

わたしはすこし笑って、ただ首を横に振った。恋。「星」とか「天国」とかいう言葉と同じに聞こえる。わたしからとても遠くて、光っているもの。


プールに行こうよ、と英輔に誘われたのは八月のはじめのことだった。ふたりでじゃなくてみんなでだよ、とわたしを安心させようと言葉を継ぐ英輔に「ごめん。行かない」と答えた。その数日後に今度は、「一緒にバイトしない？」と誘われた。

4

2006年

「同じクラスの瀬尾《せお》ってわかる？　瀬尾のじいちゃんの家、店やってるんだよ」

大規模な宴会を催すような広い座敷を持つ店らしい。料理の仕込みのバイトで、一週間だけ人手が必要だという。英輔が『のばらのいえ』の居間でそれを言い出した時、みんな一緒にいた。めずらしく志道さんもはやく帰ってきていて、ソファーに腰をおろして不機嫌そうに腕組みしていた。みんなが英輔をもてはやすから、おもしろくないのかもしれない。

「そんなに時給は高くないし、けっこうきついらしいけど、どう？」

ふと見ると、てるみさんがわたしに目配せしていた。プールに誘われて断ったことについて、てるみさんにだけは打ち明けていた。「お金がない」という理由だけはぜったいに言いたくなかった、ということも。

もしかして英輔はてるみさんからなにか聞いたのだろうか。気になるけど今はバイトへの興味が勝る。働けばお金がもらえる。あたりまえのことなのに、なぜか今まで思い浮かばなかった。

「行ってもいい？　実奈子さん」

「やりたければやればいいだろう」

実奈子さんではなく、志道さんが答えた。

「働くって、簡単なことじゃないからな。いい社会勉強になるだろう」

利用者たちの世話をおろそかにしないように、という続きはあったが、いちおう許可がおりた。

「バイト代、無駄遣いしちゃだめよ」

ウイスキーの瓶を傾けてグラスに注いでいた実奈子さんが、ふにゃふにゃした声で言って、一瞬しんとなった。

「わたしがはじめてバイトしたのは大学生の時だったけどさ、はじめてのバイト代で、親におみやげ買って帰ったな」

志道さんが実奈子さんに視線を向ける。琥珀《こはく》色の液体がすこしテーブルにこぼれた。実奈子さんは「ふふん」と息を漏らしたけど、顔はまったく笑っていなかった。

「自分のことばっかり考えてちゃだめよ、祐希。常に周囲への感謝、感謝を忘れずにね」

最後のほうはろれつが回っていなかった。「わるれるにれ」と聞こえた。言い終えて、実奈子さんはふらふらとトイレに消えた。えずくような声が聞こえてきたが、吐きはしないだろう。どんなに酔っても、熱が出た時でも、実奈子さんはめったに吐いたりしない。心よりも身体のほうがずっと頑丈みたいだ。

「紘果は、どうする?」

わたしが訊くと、紘果がなにか答える前にまた志道さんが「むりむりむり」と大きな声で答えた。

「紘果みたいなのんびりしてる子には無理だ。な、迷惑かけるだけだから、やめときなさい」

紘果はその時、志道さんのすぐ隣に腰をおろしていた。志道さんに顔を覗きこまれて「な」と同意を求められて、下を向いてしまう。

英輔はなにか言いかけたが、すぐに視線を逸らして「えと、まあ、二人ぐらいしかバイトの枠はないかもしれない、かな」と呟いた。

最初に聞いていたとおり、バイトは「けっこうきつい」ものだった。大量のじゃがいもの皮をむき、大量の鶏肉を小さく切り分け、串にさし続けた一週間だった。白くてぷよぷよした鶏肉を触り続けていると、自分が今なにをしているのかよくわからなくなった。二日目までは古株のおばさんに「トロいんだよ」「もたもたするんじゃないよ」と怒鳴られていたが、三日目になると休憩時間に飴をくれるようになり、最終日には「がんばったね」とねぎらってくれた。

「毎年いろんな子が来るよ。あたしはいろんな子を見てきた。あんたみたいにまじめな子なら、どこ行っても通用するね」

ぶっきらぼうに放たれたその言葉を、いつかの虹みたいにポケットにしまった。バイト代と一緒にだいじに持って帰りたかった。

「どこ行っても通用するって言われたんだよ」

帰り道を歩きながら英輔に伝えたら「それ言うの、三回目」と笑われてしまう。

「お疲れ会でもしますか」

英輔が指さす方向に、ファミリーレストランのまぶしい看板が見えた。「しない。無理」という言葉を口にするのに、すごく時間がかかった。だって、ほんとうは行きたかったから。でも『のばらのいえ』に帰ったら、まだやることがたくさんある。

「忙しいから、無理」

「忙しいってなに？　皿洗ったり洗濯物畳んだり？　祐希はあの家の召し使いなの？」

わたしは、いったいどんな顔をしていたのだろう。英輔はわたしをちらっと見るなり「ごめん」と頭を下げた。

「謝るぐらいなら、言わないで」

「ほんとにごめん。でも俺にはわかんないんだよ。なんで祐希は、自分を犠牲にして『のばらのいえ』に尽くしてるの？　すこしは自分の時間がほしいって言ってみたら？　言う前からあきらめてない？」

「そうだね、わかんないだろうね」

英輔にはわかんないだろうね、と続けたら、涙が出そうになった。すこやかに育ってきた人は、話を聞いてもらえる人はすぐに「話し合わなきゃなにもはじまらない」なんて言い出すから、ほんとうに嫌だ。

この人の前で泣きたくないなと思いながら上を向いて瞬きをしたら、涙も空気を読んだのか引き下がってくれた。英輔は足を速めて、ずんずん先を歩いて、なにも言わずにコンビニに入っていってしまった。「ここから先はひとりで帰れ」ということかもしれない。通り過ぎようとすると、背後で自動ドアが開いた。

「待って」

英輔はアイスが入った袋を掲げた。

「これ食べるぐらいの時間ならあるだろ？　な？」

ファミリーレストランに入るような時間はなくてもそれぐらいならいいだろう、と英輔は言うのだった。わたしがひとりでいじけているあいだにそこまで考えて行動に移した英輔に、わたしは今度は「無理」とは言わなかった。

はやくしないと溶ける、急げ、と急かしあいながら、小走りで公園に向かった。あんなに急いだにもかかわらずアイスはすでに溶けかかっていて、そのことにまた泣きそうになる。ベンチに並んで座っていたけど、泣くのを我慢しているのを悟られないように立ち上がって、うろうろしながらアイスの残りを口に運んだ。「行儀が悪いな」と英輔が笑うので、わたしも「悪いね」と、声だけは元気に笑い返した。夜でよかったと思う。すこし離れたら、もう顔が見えない。

「あのおばさんにどこ行っても通用するって言われたの、よっぽどうれしかったんだな」

暗闇の中で、英輔が呟く。

「うれしかった」

「人の役に立ちたいんだな、祐希は」

そうじゃない。わたしがうれしかったのは「どこ行っても」の部分だ。うまく言えないけど、世界ってあるんだ、と思えた。校長先生なんかに「きみたちにはありとあらゆる可能性があります」とか「信じていたら夢は叶う」とか言われるのとはまったく違う、たしかな重みを伴って、わたしの内側に生まれた。世間ではそれを実感、と呼ぶのかもしれない。ここではない場所はいっぱいあるって、わたしはそこに行こうと思えば行けるのかもしれない、という実感。

それはわたしがはじめてのアルバイトで得た、なによりの報酬だった。

二学期がはじまった。産休に入った英語の先生の代わりに来た先生の授業がはじまる。始業式、体育館で行われた全校集会で壇上で紹介されていたけど、遠すぎて「女性である」ということぐらいしかわからなかった。

まだ休み時間のざわめきの残る教室に入ってきた先生は、無表情で教卓にテキストを置き、なんの挨拶もなしに「六十五ページを開いてください」と言った。

「せんせー、自己紹介おねがいしまーす」

後ろのほうからまばらな笑い声が上がる。

「春日《かすが》です。よろしくお願いします」

「せんせー、独身ですかー?」

「何歳ですかー?」

子ども扱いされると怒るくせに、自ら子どもっぽく振る舞ってみせることは許されると思っている。高校生とはそういう年齢なのかもしれない。馬鹿みたい、とうんざりしながらノートを広げたわたしの頭上に「さあ」という声が降ってきた。さあ。静かだがよく通る声だった。

「え、『さあ』ってなにー?」

「俺たち先生にすっごい興味あるのにつめたくない?」

徐々に大きくなる声を無視して、春日先生は黒板にチョークを走らせている。わたしはびっくりしてそれを見ていた。背が低くて、黒い髪をうしろでひとつに結んでいる春日先生。灰色のスーツも、色味のすくない化粧もフレームのない眼鏡も、いちいち地味だった。三十代ぐらい。あるいは、四十代ぐらい。大人の年齢はよくわからない。

「せんせー、じゃあ英語で自己紹介してみてくださーい」

「せんせー、ザユーノメイを教えてくださーい」

座右の銘は、たしか担任の最初の授業の時に全員が言わされた。他の子は「おかわり自由」です、なんてふざけていたけどわたしはそういうごまかしの言葉すら思いつかなくて「ありません」とつまらない答えかたをした。

チョークが黒板をすべる音がとまり、春日先生が振り返る。その口がゆっくりと開いた。流れ出した言葉を、わたしは息をつめて聞く。教室が一瞬しんとして、また騒がしくなる。

「は？　なんて言ったの、今」

「え、わかんなかった」

「英語でしょ」

「せんせー、もう一回言ってー」

春日先生は億劫《おっくう》そうに、黒板にその言葉を書きつけた。

「訳は、あなたがたにお任せします」

すべての授業が終わったあと、わたしは早足で『のばらのいえ』に帰った。声に出したら大事なものがこぼれ落ちてしまう気がして、その言葉を胸に抱えて帰った。ポケットには入りきらない。それぐらい大きい。

Good girls go to heaven, bad girls go everywhere.

自分の部屋に入って、すぐに春日先生の言葉を書きうつしたノートを開いた。良い女の子は天国に行く。悪い女の子はどこにでも行く。しばらく考えてから、消しゴムをかけた。すこし文章を直してみたら、もっとかっこよくなった。良い子は天国へ行く。悪い子はどこへでも行ける。このほうがいい。ずっといい。でもこれは、教師が座右の銘として生徒の前で発表するには不適切な言葉じゃないんだろうか。

廊下で大きな物音がして、また保がなにかしているのかと思ったが、違った。女の人が叫んでいる声が聞こえてきた。ドアを開けたら、てるみさんがいた。

「てるみさん」

てるみさんは肩を震わせて泣いていた。その背中に隠れるように、うららちゃんが立っている。廊下の先では実奈子さんが、ぐったりと壁にもたれかかっている。目を閉じて、具合が悪そうに見えた。

「どうしたの?」

声をかけたら、てるみさんの充血した目がこちらに向いた。

「あんたも知ってたんでしょ?」

4

2006年

なんのことだかわからず黙っていると、強い力で肩を突かれた。

「知ってたんでしょって言ってんの。ねえ！」

「なにが？　どうしたの？」

「最低。よくそんなことができるね」

てるみさんはわたしを睨みつけて、玄関に向かう。うららちゃんはこちらをまったく見ようとしない。ドアを開け放ったてるみさんの背中が大きく震える。

「あの男に言っといてよ、二度とうららに近づかないでって。いつか殺してやる」

いつかぜったいに殺してやる。二度言って、てるみさんは出ていった。

「あの男って誰？」

実奈子さんがめんどくさそうに頭を掻《か》き、それから保の部屋のドアを顎でしゃくった。

保の部屋に入ると、保は隅のほうで膝を抱えていた。目が合うと、怯えたように身体を小さくする。

「なにしたの？　ねえ、うららちゃんになにしたの？」

肩を摑んで問いただしても、保はぎゅっと目を閉じ、低く呻《うめ》くばかりで答えてくれない。想像もしたくないようなことがらばかりが、つぎつぎと思い浮かぶ。いったいなにをしたのか、ちゃんとききたい。ききたくない。でも、きかなきゃいけない。それなのにわたしの腕は、いつのまにか勝手に保を突き飛ばしていた。保が驚いたように目を見開く。

「もういい。あんたのことなんか、知らない」

祐希、祐希、とわたしを呼ぶ保の声がくぐもっていた。泣いているのかもしれないが、今は顔を見たくない。

良い子は天国へ行く。悪い子はどこへでも行ける。でもわたしはたぶん、どこにも行けない。

4
2006年

紘果

頭のてっぺんからせんを描くように降りてきて、肩のあたりでとまって、ゆっくりとまた持ち上がった。志道がわたしの髪を撫でる時の手順は決まっている。志道はわたしの髪を撫でるのが好きだ。やさしく、やさしく、櫛《くし》でとかすように扱う。ひとたびその気になれば、いつだって相手の髪を乱暴に掴んで、身体を壁に叩きつけることができると知っている。立場が強い時にはどれほどにでもやさしくふるまうことができる。

夜が白々と明けはじめた頃に、志道は帰宅した。シャワーを使う音で目が覚めた。夜、ベッドに入ってから朝まで眠れた頃のことを、わたしはもう思い出せない。かけらみたいな眠りをかきあつめて、そうしてやっと生きている。

「起きて、待ってたのか」

寝室に入ってきた志道は、ベッドで上体を起こしているわたしを見て、驚いた顔をした。どこでなにをしていたのかは問わない。訊いても、どうせわたしにはわからないから。かわりに訊ねた。

「祐希、いつまでここにいるの？」

ああ、と頷いた志道はわたしの隣に座って、髪を撫ではじめた。

「あれを手に入れるまで」

あれ。なんなのか、わたしは知らない。志道も知らない。実奈子さんが死ぬ前に祐希に送ったという「あれ」。

たしかなことはなにもわからない。送ったというのは、実奈子さんの嘘かもしれない。でも志道は「嘘かもしれないけど、いちおう確かめておきたいだろ?」と唇の端をつりあげる。

「はやくしてね。これ以上、祐希に邪魔されたくないの」

わたしたちの生活を、と言うと、志道の手が止まり、かわりに顔が近づいてきた。部屋の中の湿度が増したように感じられた。覆いかぶさってきた自分より体温の高い身体を受けとめながら、いつも願うことをまた願った。愛されたい。この男に、もっともっともっと愛されたい。

5
2018年

　十年たてば、いろんなことが変わる。十年前にはコンビニエンスストアだったところが訪問介護ステーションになって、私鉄は電車のデザインが変わって、新しいマンションがいくつもできた。

『のばらのいえ』に近い、昔はシャッターを閉めた店ばかりが目立っていた商店街に、活気ある店がいくつかできているようだった。外を歩く人たちの話し声で目が覚める。

　紘果はすでに起きていて、ソファーに座っていた。電源の入っていないテレビの画面をぼんやり見ている。志道さんはすでに出勤したようだ。

「気分はどう？」

　うんだいじょうぶ、と答えるが、顔色は優れない。ほんとうに？　としつこく確認すると、そういえばちょっと喉が痛いかも、と細い首に手を当てる。

「食欲はある？」

「ない」

顔を洗って、商店街に向かう。目の奥はまだ鈍く痛むが、赤みはやや薄くなっていた。

青果店でぶどうを買ったら「今日一番乗りのお客さんだからサービスしちゃう」と、見たことのないくだものをひとつおまけしてくれた。みかんよりすこし大きい。あざやかなオレンジ色の果皮に鼻先を寄せると、さわやかな香りがする。

「甘くておいしいよ」

店の人はそう言ったが、教えてもらった品種名は『のばらのいえ』に戻る途中で忘れた。

台所の流しの下からナイフを出した。しばらく研いでいないらしく、刃の表面がくすんでいる。

名前のわからない柑橘《かんきつ》の皮を剝《む》くわたしの手元を、紘果がじっと見ている。

「どうしたの?」

手をとめて問うと、黙って首をふった。ふたたびナイフを動かしはじめると、また視線が追ってくる。くし形に切ったものをさらに三等分して、ヨーグルトで和えてみた。これぐらいなら食べられるだろうか。

紘果が持ち上げたスプーンからヨーグルトがぽたりと垂れて、テーブルを汚す。口に運ぶまでのあいだに、もう一滴こぼれた。昔から不器用だったが、現在の紘果のそれは度をこしている。

「志道さんと紘果は、今、その」

5

2018年

いきおいで口にしたものの、なんと表現すればいいのかわからなかった。英輔は「できてる」と言ったが、その言葉を使うのは気持ちが悪い。ゆっくりと視線を上げた紘果が「パートナー」と呟いた。

「パートナー？」

実奈子さんがよく使っていた言葉だ。わたしと志道はパートナー。結婚はしてる、でも束縛し合う関係じゃないし、対等なの。あれはどの程度、真実だったのだろうか。実奈子さんがそう思いたがっている、志道さんがそう思わせたがっている関係に、どれほど近かったのだろうか。

「わたしはひとりでは生きていけない女だから、パートナーが必要だって」

そしてそれは自分であると志道さんは言うのか。

「もしかして、結婚したってこと？」

「まだ婚姻届は、出してないけど」

「まだ」ね、とわたしは口の中で呟く。ということはいずれ、と絶望すべきなのか、希望はあるはずだ、と縋りつくべきなのか。

「それでいいの？」

白く汚れた紘果の唇が、かすかに歪む。

「答えて。志道さんが好きなの？」

「好きになる必要ある？　わたしは祐希みたいに賢くも強くもない。だから、こうするしかないの。ここで生きていくしかないの」

「違うよ。間違ってる。おかしい」

手を伸ばして、紘果の腕を摑んだ。なにもできない子。ひとりでは生きられない女。何度もそう言い聞かされて、「なにをしたって無駄だ」と思いこんでしまっている。やっぱりこれ以上ここにいてはいけない。

「ここを出ていこう。ねえ、紘果。お願い」

紘果がふっと息を吐く。志道さんなんかいなくたって紘果はちゃんと生きていける、自分の力で、とわたしが言った時、玄関で声がした。

「すみませーん」

若い女の声だ。

「未来ちゃんが来たみたい」

紘果が呟いたが、立ち上がろうとしない。しかたなくわたしが出ていくと、未来はびっくりしたようにわたしを見た。

「あ、祐希さん」

祐希さん。ずっと前から知っているみたいに、わたしの名を口にする。わたしのほうは覚えていないが、小さい頃にここに一時期いたというから、おかしなことではないのだろう。

「わたし、未来です。こんにちは、おひさしぶりです。忘れちゃいました？　あ、あと、このあいだはありがとうございました、助けてくれて」

5

2018年

ゴムで結んだ前髪が左右に割れて、カブトムシの角のようだった。まだ肌寒い季節だというのに、未来は半袖のTシャツにショートパンツといういでたちだった。裸足に踵《かかと》を踏んだぼろぼろのスニーカーをつっかけている。

「こんにちは。はじめまして」

午前九時という時刻を考えれば「おはようございます」が正解だろうが、相手に合わせた。おはようだろうがこんにちはだろうが、コミュニケーションがとれればたいした問題ではない。

部屋には洗濯機がついていない。そろそろ脱水が終わる頃だろうと取りに来たようだ。ヨーグルトを食べ終えた紘果が、白い錠剤を舌にのせている。わたしと目が合うと「これ飲まないと、すごく頭が痛くなるの」と言い訳めいたことを口にした。

「それ市販の薬？　病院行ってる？　もし行ってないんなら一回、ちゃんと行こう」

「いい。それより、横になりたい」

今日はもう、これ以上話をするのは難しそうだ。わたしも自分の洗濯物を持って、未来のあとについていった。

朝起きた直後は曇っていたが、今はよく晴れていて、気持ちがいい。簡素な屋根が設置されたテラスがあった。昔はこんなものはなかった。古い、でもかろうじて二層式ではない洗濯機が置かれている。以前使っていたものとは違うような気がするから、中古で買ったのだろうか。テラスの脇には物干し台がある。竿《さお》の端のほうに大きめの洗濯ばさみが挟んであって、すっかり白くなっていた。触れたとたんにぼろぼろ崩れそうだ。「自由に使ってくれって言われてます」と指し示すタオル掛けやハンガーも、いずれも古びている。居場所のない人がどうとか守るとか言いながら、こういうところをないがしろにしてしまう。一度離れて戻ってきてみると悪い部分ばかり目につく。

洗濯機から、鮮やかな色のTシャツやタオルが取り出された。足元のプラスチックのカゴに無造作に放り込みながら、未来は屈託なくわたしに話しかけてくる。

「志道さん、よく祐希さんの話をしてました」

「わたしの話？」

「はい。わけあって出ていったんだって」

未来のほうを見ずに頷いて、洗濯機に自分の洗濯物を放りこんだ。

「そうなんだ」

「わけ、ってなんなんですか？」

未来の明るい声にかぶせるように「言いたくない」と答えた。未来は驚いたように口をつぐんだが、すぐに「そうですかー」と大きく頷いた。

「ごめんね」

「ところで百均のタオルって、何回か使うとすぐバリバリになりません？」

不自然に話題を変えた未来は濡れたタオルの皺《しわ》を伸ばすことなく、そのままタオル干しに引っかける。

「あ、ちょっといい？」

5

2018年

わたしは未来に向かって手を伸ばした。濡れたタオルを十回ほど空中で大きく振ってから干し直す。

「こうするとタオルの毛並みが立って、ふわっと乾くよ」

「え、そうなんですか？」

知らなかったー、すごーい。そんなふうに目を丸くされるときまりが悪い。

「ネットで見たやりかただから、いやほんとに。たいしたことじゃないから。すごくはないから」

もごもごと言い訳を繰り返しながら、未来から離れた。さっきからずっと洗濯機から変な音がしている。洗濯すべきではないものが入っていたのかもしれない。音から推測するに、なにかかたくて小さいものだろう。わたしが今まで洗濯してしまった「洗濯すべきではないものランキング」の一位はスマートフォン、二位はリモコンだ。鍵ぐらいならたいしたことはないが、洗濯機を傷めてしまったことについては気が咎《とが》める。

『ホープ・フーズ』の寮には、洗濯機が一台しかなかった。ちょうどその洗濯機を使っている時にやってきたきみ香さんに話しかけられて、うまく答えられなかった。

「祐希ちゃんも、あたしの洗濯物、お父さんのパンツと一緒に洗わないでよね、とかやってた？」と、きみ香さんは言った。父親を汚いと感じること。それは、一般的な家庭で育った女の子の多くが通る道らしい。

「なにげない世間話」というものが、いつだってこわい。「え、わかんない？」「知らないの？」と驚かれたり笑われたりするたび、自分と世界を隔てる途方もなく高い壁の存在を思い知らされるから。

「とにかく祐希さんは、またここに戻ってきたわけですよね」

バスタオルをぶんぶんと上下に振っているせいで、未来の身体は「く」の字に折れている。子どもがお手伝いをしているようなひたむきさだ。

「いや。そのうちまた出ていくよ」

未来の眉が下がる。泣いているような、笑っているような顔。

「がっかり。せっかく、まともそうな人が現れたと思ったのに」

「まともかどうかは、ちょっとわからないけど」

テラスの端に腰をおろして、未来のこれまでの話を聞いた。まだ十七歳だが、高校は一年の時に中退している。

「俗に言う、いじめってやつです」

未来が母親に連れられて『のばらのいえ』に来たのは、四歳の時。理由は、未来の父親が働かず、妻や子どもに当たり散らすようになったから。

「殴る蹴るとかじゃなくて、大声出したり、もの投げる程度ですね」

母親については「家出する時に一緒に連れていこうと考える程度には愛されてたってことですかね一応」と前置きしたうえで、「子どもって金ばっかりかかる」と母親に文句を言われていたと肩をすくめる。

5

2018年

『のばらのいえ』を出てからも、食事もほとんどつくってもらったことがないし、洋服や学用品の類も買ってもらえなかった。小学六年生で生理がはじまった時も、生理用品を買うお金をくれと言えずにコンビニで万引きした。それが見つかり、噂が広まった。そこからはずっと仲間外れだった。学校でなにかなくなるたび「未来が盗《と》ったんじゃないの」と疑われるのがつらくて、休みがちになった。

同じ時期に母親が再婚して、家にも居づらくなった。

「お母さんの男がじろじろ見てきたり、そばに寄ってきたり、いやそもそも、もう同じ家の中にいるのが無理なんですよ、赤の他人のおっさんが。これ話すとね、でもなにかされたりとかそういうことはなかったんでしょ？　って言う人もいて、おかしいですよね。性的虐待とかじゃないと家出ちゃだめですか？　不幸検定に不合格ですか？」

高校は県外の学校を選び、実の父親のもとに身を寄せた。新しい環境で新しい人間関係を、と期待したが、ＳＮＳ経由で高校にも噂が伝わってしまっていた。

「絶望しちゃったんです。ああもう、どこに行っても同じなんだって」

「うん」

「わかるよ」などとは言わない。そんなことはぜったいに言うべきではないから。

わたしに向かって、未来がまだなにか喋っている。口の動きでそれとわかるし、耳も聞こえているのだが、内容が理解できない。

「ごめん、もう一回言ってもらえる？」

え、と小さく口を開けて、未来はしかたなさそうに笑った。

「あのね。わたしこういうのなんにも知らないから、よかったらこれからいろいろ教えてくれませんか？　って言ったんです」

「こういうの？」

「タオルの干しかたみたいなこと」

わたしの顔色を窺《うかが》うように、上目遣いになる。このあいだ料理をしてみようと思って卵焼きに挑戦したのだがなぜか炭のようなものができあがったし、洗濯だって掃除だってよくわからないままやっているのだと眉根を寄せる。

「紘果さんはそういうのぜんぜんだめだから」

紘果がなにかしようとするたび志道さんが割って入ると未来は言う。そんなのお前には無理だよ、できないことはしなくていいよ、やりたくないことはやらなくていいんだよ、と。まるで「子どもからおもちゃを取り上げる」みたいに。

「紘果さんのこと、引くぐらい溺愛してますよね。志道さん」

「そうだね」

実奈子さんが死んで間もないのにね、とわたしが呟くと、未来が甲高い笑い声を上げた。背中を反らして笑い続ける未来の喉は白い。不吉なほどに。

「なにがおかしいの」

「だって実奈子さんが死ぬ前からできてたでしょ、あのふたり。『そういう関係』の匂い出てた」

いやな臭いを嗅いだ時みたいに、鼻の頭に皺を寄せている。

「そのこと、実奈子さんも気づいてた?」

未来がわたしに身体を寄せた。声がぐっと小さくなった。

「気づいたから死んだんですよ。酒浸りだったし、もしかしたら最初は気づいてなかったかもしれません。でも同じ家に住んでるんだし、いずれわかったはずです。わたしの目には隠す気もなさそうに見えたたし」

「でも、実奈子さんは病気で」

「やだ、なに言ってるんですか? 違いますよ」

いったい、なにが違うというのか。未来はわたしから目を離さずに、言葉を続けた。

「睡眠薬とお酒飲んで、お風呂で溺れて死んだんですよ。お酒も睡眠薬もいつものことだし、事故ってことで処理されたみたいですけど。実質自殺だと思います、わたしは」

だいぶ酒を飲んでたから。あの日の志道さんの声を、耳の奥で聞く。あの人がわたしに話すことに、真実はどれだけ含まれているのだろうか。

「とにかくまー、そんな感じなんで。わたしも今他に行くあてないし、こんなところでも、がまんしているしかないんですけどね。でも志道さんに『将来的に自立する準備をしろ』とか言われても『は?』て感じ。あんたがそれ言う? って思いません? なにが自立だよって。あはは」

未来の朗らかさはわたしへの気遣いによるものなのか、別の理由からくるものなのか。

「だから祐希さん。もしよかったら、ここにいるあいだにわたしに料理とかいろいろ、教えてください」

「え、でも」

わたしはまたここから出ていく、というわたしの言葉を遮るように、未来がわたしの腕をぎゅっと摑んだ。

「ちゃんと自立したいんです。わたし、自分の人生ってやつを手に入れたいんです」

未来が歯を見せて笑うのにつられて、わたしも頰をゆるめた。正直、他人に構っている余裕はない。でも「自分の人生を手に入れたい」と願う女の子を、どうしたら拒めるというのだろう。それはかつてのわたし自身の願いそのものなのに。

未来が「これからよろしくお願いします」と頭を下げる。カブトムシの角がぶんと弧を描いた。


通っていた小学校の裏に、クローバー畑があった。私有地だったのだろうが、小学生が遊んでいてもなにも言われないという、稀有《けう》な場所だった。

シロツメクサの冠のつくりかたは、実奈子さんが教えてくれた。紘果もわたしと同じように教わったのだが、どうしてもシロツメクサをきれいに束ねることができなかった。というよりも、何度か実奈子さんに不器用だと笑われて、じきにつくろうとしなくなった。

5

2018年

わたしは美しく仕上げたシロツメクサの冠を、自分の頭ではなく紘果の頭にのせるべきだと、当然のように感じていた。地べたに座りこんで冠をつくるわたしの隣で、紘果はいつも四つ葉のクローバーを探していた。

「もとのお兄ちゃんに戻りますようにってお願いするんだ」

四つ葉が見つかると大事そうに教科書に挟んで、ランドセルに入れて持ち帰った。もとのお兄ちゃんに戻りますように、と言う紘果は「もと」の保を知っているわけではない。実奈子さんに「保が暴れるのはね、悪い魔法をかけられたからよ」と言われ続けるうちに、そう思いこむようになった。

魔法なんかあるわけないだろ。お前頭悪すぎ。ある時クラスの男子にそんなふうに馬鹿にされて、紘果は泣いた。それ以来、学校ではわたし以外とは喋らなくなった。

「保は『のばらのいえ』に来るまで、たくさんさびしい思いをしたよね。だからきっとあんなふうになっちゃったのね。待ってたら、いつかかならず、もとのやさしい子に戻るはずよ」

みんなほんとうはいい子なんだから。実奈子さんの口癖だったその言葉を、多くの人は「寛容」と受け取っていたのだろうか。ほんとうはいい子。ほんとうはいい人。現在のわたしはそれを「怠慢」と呼ぶ。「思考停止」でもいい。

洗濯のあと、畳に寝転がりながらクローバー畑のことを思い出しているうちに、わたしはいつのまにか眠っていたようだった。仰向《あおむ》けになったお腹の上に置いていたスマートフォンが振動し、表示も見ずに出た。「キャベツ」と言われて、寝ぼけたまま「は？」と嗄れた声を発する。

「あ、俺、英輔」

相手が繰り返す。返せよ、という志道さんの声が聞こえる。志道さんがかけようとしたわたしへの電話を横取りしたのかもしれない。

「ああ、うん」

スマートフォンを持ちかえて、腕を振る。夢の残骸があちこちにへばりついているようで、動作が重い。

「寝てたの?」

英輔はかすかに笑ったようだった。時計を見ると十六時を過ぎたところで、たしかに寝るには中途半端な時間だった。

「キャベツが何?」

電話の向こうで言い争うような声がして、今度は志道さんの声がした。細田建設の社長、つまり志道さんの兄で英輔の父なる人物が、唐突に大量のキャベツを押しつけてきたのだという。

「農業やってるお客さんにもらったらしい」

そういうこともあるんだなと理解はしたが、それをわたしに電話で告げてくる意味がわからない。

「お好み焼きしたいんだけど、なに買えばいい?」

豚肉、と即答したが、英輔はバラ肉とロース肉の区別もつかないようだった。電話で説明す

5

2018年

ることをあきらめ「買い物、わたしがする」と引き受けた。

英輔は一緒に行きたいと言う。仕事が終わるという夕方の五時にスーパーマーケットで待ち合わせすることにした。駐輪場に自転車を停めていた男がわたしを見るなり「おーい」と手を振る。英輔だった。後輪の泥除けに白いペンで「岡本工務店」と書かれている。作業着を着ていたから、一瞬誰かわからなかった。

首にタオルを巻いた英輔は、両手を広げる。どう？　とでも問うように。

「似合ってるよ」

「うん。俺もそう思う」

いかにもうれしそうに大きく頷く。自分の仕事に誇りを持っているようで、スーパーマーケットの入り口でカートを引っ張り出しながら「祐希も将来家を建てる時は大手のメーカーとかじゃなくて、地元の工務店とかに頼んだほうがいいよ」と力説する。

「わかった」

誰かに「住まわせてもらう」のではなく、自分自身の家を持つということ。それはわたしにとっては遠い夢だった。子どもが「空を飛べたらいいのになあ」と願うような遠さ。夢は叶えるものです。仕事の昼休みに見たテレビのドキュメンタリー番組に出ていた人がそう言っていた。二十代で起業したというその女の人は、夢を叶えるためになにをすべきか、それを具体的に見定めて実行していくものなのだと笑顔で言い切った。美しいものはまぶしく、まぶしいものは網膜を傷つける。

「ほかに、何入れる？」

「なんでもいいと思うよ。海鮮を入れるとおいしい。イカとか、エビとか」

鮮魚コーナーに向かいながら、それを教えてくれたのも、やっぱりきみ香さんだったなと思い出す。

社長になった翌年、きみ香さんは「バーベキューをしましょう」と従業員を自宅に招待してくれた。盗癖があるという噂の、あるひとりの従業員をのぞいて、全員参加していた。

盗癖があるという噂の彼女は「森山《もりやま》さん」という名だった。漢字は違うけどわたしの「盛山」と読みは同じなので、よく混乱した。こっちのモリヤマさんと呼ばれたり、大きいほうのモリヤマさんと呼ばれたりした。なぜかみんな、かたくなに下の名では呼ばなかった。

きみ香さんは料理をふるまうのが好きだった。小柄な、ころころとよく笑う女の人で、きみ香さんの夫はいつもにこやかにそんな彼女を眺めていた。

鉄板の上で焼きそばをつくりながら、きみ香さんは「お好み焼きとか焼きそばとかそういうのは、イカを入れるのと入れないのとでは大違い。シーフードミックスは手軽だけどだめよ、やっぱり生のほうが。あと天かすね、カロリーは無視してたっぷり。もうひとつはね……」と話していた。しかし話題が事業所で頻繁におこっている盗難事件にうつってしまった。財布から数千円抜かれていたとか、集金してきたお金がなくなったとか、みんな口々に言った。誰も森山さんの名を口にしなかったが、誰もが彼女が犯人だと決めつけていた。

だから今でもわからない。お好み焼きを焼くための、もうひとつの秘訣《ひけつ》。

5

2018年

必死で耳を澄まして生きてきた。他人の何気ない会話からでもなにか知識を得ようと躍起になりながら、「自分はものを知らない」という劣等感に苛まれながら、まともな家に育っていないという恥ずかしさに身を焼かれながら、必死で生きてきた。いつになればこの焦燥は消えてくれるのか。なにをどれだけ学べば、わたしは臆さずに他人と関わることができるようになるのだろう。

カートを押しながら歩いていた英輔がくるりと振り返った。

「飲み物も買っとく？　みんなのぶん」

「みんな」とは、英輔とわたし、志道さんと紘果と未来のことだ。

「ついこのあいだ『せっかく逃げたのに』って言ったのに、なんで今日はわたしを『みんな』の輪の中に入れようとするのかな」

「それはね、俺と一緒ならだいじょうぶだからだよ」

なんの根拠もなさそうだったが、英輔が言うと、ほんとうにそんな気がしてくる。大きな木にもたれかかっているような、あるいは竜だとか、怪獣だとか、空想上の心やさしい生きものの背に乗っているようなふしぎな頼もしさが英輔にはある。あの頃もそうだった。そういうところが好きだった。

「いくらにする？」

意味がわからず、二度訊き返した。英輔はわたしにお好み焼きをつくらせる対価として、お金を払おうとしている。

「いいよ、べつに。そんなの」

「だめだよ」

英輔がきっぱりと首を振る。わたしはすこし考えて、生クリームののったプリンの容器を手に取った。

「じゃあ、これ買って」

英輔は値札を一瞥《いちべつ》し、プリンをもうひとつカゴに入れた。


未来がぎこちない手つきでキャベツを洗っている。切りもせず、葉を剝がしもせず、まるごと洗っている。大きなボウルに浮かんだキャベツは、なんだか湯船にでも浸《つ》かっているような風情だった。

「このなかでまともに料理できるの、祐希だけだから」

そうそう、と頷いた志道さんは、隣の紘果を見やる。かぎりなくやさしい表情で。

「やったことないのと、できないのとは違う」

だから紘果も来て、と手招きした。志道さんのほうを見る勇気はなかった。きっと、けわしい顔をしているに違いないから。

「でも」

ためらう紘果にもう一度「手を洗って」と声をかける。紘果はおずおずと台所に入ってきた。

「包丁が使えないなら手でちぎればいいの。こうやって一枚ずつ剝がして、小さくちぎって。

5

2018年

適当で構わない」

「みじん切りにするんじゃないの？」

　未来が驚いたように目をぱちぱちとさせる。

「そんなに細かくする必要ない。キャベツが大きめのほうが空気が入って、ふんわり焼ける」

「そうなんだ」

「受け売りだけどね」

　たしかきみ香さんは幅一センチほどに切っていた。これ以上思い出すとつらくなりそうだったから、このあたりで『ホープ・フーズ』およびきみ香さんに関する回想を打ち切ることに決めて、いきおいよくキャベツをちぎる。

「それなら俺もできるかも」

　英輔が作業着の袖をまくりはじめる。志道さんはすこし離れたところで、ゴルフクラブの手入れをしていた。スプレーみたいなものをかけて、スポンジで磨いている。子どもの頃、どうして何本もあるのか、一本ずつ形が違うのはどうしてなのかと質問したことがある。志道さんの答えは「知る必要あるか？」だった。「お前がゴルフやる機会は、たぶん一生ないと思うよ」。すくなくとも、その点においては志道さんは正しいかもしれない。

　ホットプレートとふたつのフライパンを使って、どんどん焼いていく。キャベツが焦げる香ばしく甘い香りが室内に満ちた。

「これ、食べて」

食の細い紘果の口にも入りやすいよう、特別に薄く焼いたのを切り分けた。

紘果は静かに箸をとった。その斜め前の椅子に腰かけた英輔は大きく口を開けてどんどん平らげていく。焼いても焼いても追いつかないけど、旺盛な食欲を持つ人は見ていて気持ちがいい。

新たな種を流しこんだフライパンに蓋をかぶせて、傍らの女の子に声をかける。

「未来さんも、食べて」

「未来って呼んでいいよ、祐希さん」

未来は「こっちで食べる」と台所に椅子を引っぱってくる。皿の上に屈みこむようにして食べている未来の後頭部は片手で摑めそうに小さい。この子はまだ十七歳なのだ。十七歳は子どもだ。

居間でみんなが喋っているあいだに、こっそり二階にあがった。わたしの記憶では、つきあたりの六畳間は『のばらのいえ』の運営に関する書類やアルバムや、その他のものを保管している部屋だった。保管と言えば聞こえは良いが、要は物置だった。すぐには使わないもの、いらないものをとりあえず放りこんでおく部屋。

戸を開けると、かすかな黴《かび》の臭いがした。物が増えていたが、十年かけてすこしずつ増えたのではないだろう。入り口周辺に段ボールが数箱、いかにも無造作に積み上げられている。一番上の段ボールを覗いてみると、実奈子さんの本のカバーが見えた。背表紙が日焼けしているから、居間の棚に飾られていたものではないかと思われる。ごく最近、居間からそれを取り払い、ここに放りこんだのだ。

志道さんはとうの昔から実奈子さんを愛していなかった。その事実が段ボールからあふれ出してくるようで、思わず目を逸らす。段ボールを壁際に押しやって、棚からアルバムを引っぱり出した。適当に開くと、中学の制服を着た紘果とわたしが並んでいる写真があった。その頃に住んでいた、もう名前を忘れてしまった女の人とお菓子をつくっている写真もある。

めくってもめくっても、保の写真は出てこない。ある時期から保は食事を拒み、もともと嫌がっていた入浴をさらに厭うようになった。運動をしないせいで手足はひょろひょろと細く、頬は削いだようにこけているのに、腹だけが異様に膨らんでいた。そばに寄るといつも嫌な臭いがした。

「保を頼むよ。あいつはお前が好きなんだから」

わたしの両肩に手を置いて繰り返す志道さんの声は穏やかだ。祐希と保には血のつながりはない、だけど同じ家に暮らしてるんだから家族だろう、というのが志道さんの言い分だった。

「家族なら、助け合わなきゃ。そうだろう？」

階下ではまだ話し声がしている。英輔がなにか冗談を言って、未来を笑わせているようだ。

新たなアルバムを引っぱり出すと、埃《ほこり》が鼻に入る。実奈子さんが生きていた頃から紘果と志道さんの関係がはじまっていたとして、それがいつなのか知りたかった。最近の写真が見たいのだが、高校卒業後はあまり写真を撮っていないようだ。いや単に現像してアルバムにおさめる、という作業を怠っているだけなのかもしれない。すべてデータで保存しているとか。志道さんのパソコンなりスマホなりに入っているのかもしれない。

アルバムにおさめられていた一枚に目をとめる。紘果も志道さんも写っていない。利用者たちの写真のようだ。この家の居間で、数名の女性が子どもを膝にのせたり肩を抱いたりして、こちらにピースサインを向けている。

真ん中の女性が着ている服は、わたしが火事の翌日に借りたものだ。胸に雲のアップリケがついた、黒い服。架空の人物がとつぜん実体を持ったような感覚に襲われる。アルバムを棚に戻そうとした時、棚の奥になにかがあるのに気がついた。封筒が一枚、棚とアルバムのあいだの隙間にはさまっている。見たほうがいい気がした。見るべきではない気もした。何度か手を出したりひっこめたりしたのち、息を吐いてその封筒を取り出す。

写真が入っていた。一枚目は、水着を着ている女の子。おそらく、七歳ぐらいだろう。二枚目はこちらに背を向けている写真で、一枚目の女の子よりは小さい。水遊びでもしていたのか、着ている青の薄いワンピースが濡れて、肌にはりついている。

写真を持つ指先に痺《しび》れを感じる。床についた膝の感覚がない。三枚目以降も似たようなものだった。昼寝をしている女の子。スカートの裾がめくれている。すべての写真に湿度の高いまなざしのようなものを感じ、胃におさめたはずのお好み焼きが数センチほど逆流しかける。

階段をのぼる足音が聞こえて、急いでその封筒をもとの場所に押しこむ。

「なにをしてるんだ」

志道さんが戸口のところに手をかけて、こちらを見ていた。床に膝をついた姿勢のまま、わ

5

2018年

たしは言い訳を探した。志道さんは両手に琥珀色の液体の入ったグラスをふたつ、掲げるように持っている。

「あ、写真。昔の写真、探してて」

「どうして?」

「えっと、あの……なつかしくて」

志道さんの目がゆっくりと細くなった。鉤づめの目をまともに食らわないよう、わたしは志道さんの口もとのあたりに視線を固定する。志道さんは酔っているらしく、唇がゆるんでいる。

「そうか」

「実奈子さんの写真、まったくないね」

志道さんがわたしの傍らにしゃがみこんだ。アルバムを一瞥して「だってしょうがないだろ」と吐き捨てる。

「え?」

「酒浸りのおばさんなんか撮ったってさ」

驚いて、しばらく口がきけなかった。発言の内容にではない。志道さんが本音らしきものを口にしたことに驚いたのだ。わたしがこれまで耳にしてきたこの人の言葉は、常につるつるにコーティングされたグリーティングカードのようだった。きれいで軽い。でも今のは、違う。

立ち上がって、膝についた埃を払う。その手が震えた。この人となにか話すなら今だと思ったが、なにから話すべきかわからない。話したくない気もした。

「写真が見たいのなら、ちゃんと言えよ。こそこそ漁《あさ》るな」

こそこそ、という言葉にかっと頬が熱くなる。動じるなと繰り返し自分に言い聞かせる。この人の挑発に乗ってはいけない。

「まともに話を聞いてもらった経験がない人間は『こそこそ』するしかないから」

「ああ？」

声がぐっと低くなって、それからふっと和らいだ。

「言うようになったねえ、お前も」

膝を曲げた志道さんが、持っていたグラスをゆっくりと床に置く。胡坐《あぐら》をかいてから、そのうちのひとつをわたしのほうに押しやった。

「飲めよ」

「あ、うん」

じゃあ下に降りようか、と腰を浮かせかけたわたしの腕を、志道さんが有無を言わさぬ強い力で引いた。

「ここで。ここで飲もう」

「なんで」

「ゆっくり話したかったんだよ、お前と」

グラスに顔を近づけると、強い香りが鼻を刺す。一気にいけよ、と志道さんは笑っているが、ぜったいに無理だ。あまりにもしつこくすすめるので飲んでみたが、舌が焼けるように熱い。

5

2018年

「お前、紘果とどんな話をしてたんだ、昨日」

「どんなって」

「紘果が楽しそうに笑ってた。なんの話だったんだよ、なあ」

昨日、ちょうど志道さんが帰ってきた時に話していたことを思い出そうとする。紘果は笑っていただろうか。たいした話はしてなかったような気がする。「お醬油《しょうゆ》かける?」「うん」程度の。

「なにをどんなふうに話せば、あんなふうに笑わせられるんだよ、教えろよ」

グラスのなかみを干してから息を吐く志道さんのこの表情を、どう解釈したらいいのだろう。喜怒哀楽のどれでもあるようにも見えるし、どれでもないようにも見える。苦しそうでもあるし、心地よさそうでもある。苛立っているようにも感じられるし、安堵《あんど》しているようにも感じられる。もしかして志道さんと一緒にいる時には、紘果はあまり笑わないのだろうか。優越感がわたしの胸を満たす。けっして美しい感情ではないということは、もちろん自覚している。

わたしが言葉を選んでいるうちに、志道さんは視線を逸らした。アルバムの背表紙を眺めている。

「実奈子の写真が欲しいのか?」

「そういうわけじゃない」

「実奈子の部屋、そのままになってるんだ。あそこに何枚かあるかもしれない。そうだ、来週にでもあの部屋をどうにかしよう。形見分けだ」

「いらないよ、形見なんか」

「家具は処分してもいいよな？」

志道さんはわたしの話をちっとも聞かない。わたしのグラスを覗きこんで「減ってないな、飲めよ」としつこい。

「でも実奈子とは連絡とってたんだよな」

「え、とってないけど」

嘘ではない。志道さんはわたしが『ホープ・フーズ』の寮にいることを知っていたのなら実奈子さんだって連絡先を知っていたはずだが、十年間のあいだあの人は電話も手紙も寄こさなかった。首を横に振るわたしに向かって、志道さんが手のひらを向ける。

「いいんだ、怒ってるわけじゃない」

実奈子から聞いたよ、と志道さんが頷く。口元は笑っているが、例の目はわたしに鋭く固定されたままだ。もつれる舌を持て余しながら、「ほんとだってば」と繰り返した。志道さんがまた「飲めよ」と言う前にグラスに口をつけた。喉の奥が熱く、反射的に吐き出しそうになる。視界が揺れる。いくらウイスキーのアルコール度数が高いとはいえ、こんなにも急速に酔いがまわるものだろうか。

「なあ、祐希。ほんとうに怒らないから、言いなさい」

志道さんがやさしく繰り返す。

「実奈子が、お前になにか送ってきただろ？　去年の年末かな。それぐらいの頃の話だ。死ぬすこし前の話だ。そんなに昔のことじゃない。なあ、ちゃんと話してくれないかな？」

「さっきから、なんの話？」

顔を上げたが、志道さんの顔が二重写しになって、表情が読めない。わたしは一体、なにを飲まされたのだろうか。


その後の記憶はとぎれとぎれになっている。英輔が入ってきて、わたしを一階に連れ戻してくれたことは覚えているが、その後はいきなり布団の中で丸くなっている場面に移り変わっている。そこから先はなにも覚えていない。

枕元にミネラルウォーターのペットボトルが置かれていた。服は皺くちゃで、ひどく頭が痛む。居間に行くと、紘果がヨーグルトを食べていた。向かいに未来が座っていて、細長いパンを齧っている。ひと袋に八本入っているあのパン。わたしもよく食べた。好きだからではなく、安いから。

「おはよう」

「おはよう。祐希さん、だいじょうぶ？　顔色悪い」

「頭痛くて」

「志道さんに薬でも盛られたんじゃない？」

あはは、と未来は笑うが、紘果はなにも聞こえなかったような顔でヨーグルトをかきまぜている。

未来はこれからバイトだという。五時半には終わるんで、そのあとでいいですか、と訊かれ、しばらく考えてから「ああ」と頷いた。料理を教えるという約束のことだ。

「最初は包丁を使わない料理がいいと思うんだけど、どう？」

「そのへんはおまかせします」

では、と妙にうやうやしく頭を下げて、未来は出ていった。

「未来ちゃんに、料理を教えるの？」

掬ったヨーグルトがスプーンから垂れて、テーブルを白く汚す。

「教えるよ。紘果も一緒につくる？」

紘果の瞳に、かすかな光のようなものが浮かび、すぐに消えた。今夜は無理、と力なく言う。

「志道さんと出かけるの」

「どこに」

「志道さんのお兄さんのお家」

なんの用で、と訊いても、紘果は答えない。わたしは痛む頭に手を添えながら立ち上がり、冷蔵庫の野菜室からキウイを取り出して皿にのせ、紘果の目の前に置いた。

「なに？」

紘果が怪訝な顔でわたしを見上げる。紘果の手にナイフを握らせた。わたしたちが子どもの頃、志道さんはよくケーキを買ってきた。うすく切って薔薇の花びらに仕立てられた桃や、ハート形に切ったいちごがのっていた。それを見た紘果が「すごいね」と感心しただけなのに、

5

2018年

志道さんは「紘果は不器用だからぜったい無理だろうな、こういうの」と楽しそうに笑った。

ナイフを持たせた紘果の手を持ち上げ、キウイに当てる。

「押すんじゃないの。刃を当てて自分のほうに引くの」

かすかな音を立てて、ナイフが果皮を破る。そのあとは、ゆっくりと銀色の刃が果肉に飲みこまれていく。

「できたね。簡単だったでしょ」

ふたつに割った実の片割れをとって、スプーンで掬った。

「こんなの、半分に切っただけじゃない」

紘果の頬が赤く染まっている。恥ずかしさによるものなのか、喜びによるものなのかは、わたしには判断できない。

「自分の食べるものを自分で用意できるなら、もうそれはじゅうぶん『できる』ってことだと思うよ、紘果」

できないことばかり数えないで。そう続けると、紘果の頬の赤みが増した。紘果は自分のスプーンをキウイに当てた。ゆっくりと口に含んでから、「おいしい」と、ごく小さな声で呟く。わたしは黙って、キウイを飲みこむたびに紘果の細い喉が上下するのを見守った。

「志道さん、紘果と結婚する気かも」

難しい顔で腕組みする英輔から目を逸らして、わたしはカゴを右手から左手に持ちかえる。

十分ほど前にスーパーマーケットの通路で声をかけられた。英輔は仕事帰りで、夕飯を調達しに来たのだという。

英輔は卵の値段をチェックしているわたしの後ろに順番を待つように立ち尽くしたままだ。振り向くと、目が合う。

「英輔も卵買うの？」

「いや。真剣に選ぶなあと思って見てた」

ほんとうは未来と一緒に買いものに来たかった。自炊とは素材を切ったり洗ったり焼いたり煮たりする行為だけではなく、食材を買い、使い切り、また買い足し、そのサイクルをいかにうまく保つかが肝だ。どれほど立派な料理のレシピを覚えても、それが自分の生活スタイルに合っていないなら長続きはしない。でも未来が「また父親につかまるかもしれないし、あんまこのへんうろうろしたくないんですよね」と言うので、今日のところはわたしひとりで来ることにした。

「たとえばさ、今日の夕飯にかまぼことネギを入れたうどんをつくるとするじゃない。ひとり暮らしなら絶対かまぼこもネギも余る。次の日は『今日はあれを煮て、卵とじにして食べよう』と思いつく。わたしにとっての自炊は、そういうこと」

英輔はわたしの言いたいことがよくわからないようだった。あー、んー、と要領を得ない返事を繰り返す。

「なんだか知らないけど、その卵とじはおいしそう」

5

2018年

「おいしいよ。ネギを薄く切って、やわらかく煮る」

粉末のうどんスープを指さし、「あれなんか一回分ずつ使えるから、ひとり暮らしに便利なんだよ」と力説しながら精肉のコーナーに向かい、鶏挽肉を手にとる。

「で、今日はなにを教えるの？」

「鶏のそぼろごはん。これなら材料費も安いし、冷凍もできるし」

うわーなにそれ俺も食いてえ、売ってるかなと言いながら惣菜《そうざい》売り場に向かった英輔はやがてしょんぼりと肩を落として戻ってきた。

「材料代と手間賃はお支払いしますので、俺の食べる分も一緒につくっていただけませんか」

なぜか敬語になっている。

「いいよ。手間賃はただで」

「前もそんなこと言ってたね、よくないよ」

とすこし怒った口調で言いながら、わたしの手からカゴを奪う。

「祐希は搾取されることに慣れ過ぎてる。そんなんだからずっと志道さんたちにいいように利用されてきたんだろ」

「バカだね」と息を吐く。そこに蔑みは含まれていないはずだ。わたしがそう願っているだけかもしれない。

「俺んとこの社長は、タダの仕事はぜったいしないんだ」

「工務店の社長さん？」

「そう。サービス残業とかもさせない。かっこいいと思わない？　俺、憧れてるんだ」

他人と自分の境界線をしっかり守らないと、と言いながら空中で人差し指を水平に移動させる。

「これはね、心を許してないってこととは違うんだよ。ぜんぜん違う。志道さんは紘果に執着しているけど、尊重はしていない」

「そうかもしれない」

「志道さんは紘果になにもできないお姫さまでいてほしいし、紘果もそんな志道さんを利用して生きようとしている。俺はそういうのは嫌だ。尊重がなきゃ愛じゃない」

俺は祐希を尊重したい、と断言する。愛の告白みたいになってるよと冗談のつもりで呟いたら、英輔は至極まじめな顔で「そうだね」と頷いた。わたしがそれについてなにか答える前に『のばらのいえ』に到着した。玄関のドアを開けるなり未来が待ち構えていたので、わたしは英輔にそれ以上なにも言わずに済んだ。

未来は英輔を一瞥し「え、なんであんたもいるの？」と顎を上げる。

「俺の夕飯もつくってもらいたくて、お金払った」

「お金？　そこまでする？　むなしくならないの？」

「なんで？　ならないよ」

英輔にたいする未来の口調は、紘果や志道さんにたいするそれよりもずっとくだけている。

仲がいいねと笑うと、ふたりは顔を見合わせたのち「どこが？」と怪訝な顔をした。

5

2018年

志道さんもすでに帰宅している。傍らには紘果がいる。頬杖をついて雑誌をめくっているが、視線は定まらない。

「未来、祐希に料理を教えてもらうんだって？」

志道さんが腕時計をはめながら言う。

「祐希がいてくれると、たすかるなあ、紘果。なにしろお前はなんにもできないから」

志道さんの手がすっと持ち上がって、傍らの紘果の髪を撫でる。

「わたしはそうは思わない」

思い切って言うと、紘果が驚いたように頭を動かした。行き場を失った志道さんの手が空中を彷徨《さまよ》ったのち、すばやくテーブルの下に隠される。

「わたしはそうは思わない」

紘果の口がかすかに開き、めずらしく薄く化粧を施された頬が赤く染まっていった。それを見守る志道さんはなぜか薄く微笑んでおり、わたしにはなにかそれが、ひどく不穏なしるしに思われた。

「今日は俺たち、出かけるから。台所は自由に使え」

志道さんが紘果の髪にブラシを当てはじめると、紘果のまぶたが重たげに降りた。さっきの反応が嘘のように、もとの無感動な様子に戻ってしまった。

「どこに行くの？」

朝、紘果から聞いていたが、あえてもう一度訊ねる。

「ちょっと、兄さんのところに」

志道さんが勤める細田建設の社長で、英輔の父である「兄さん」のところになぜ紘果を連れて行くのか。それを志道さんも言おうとしない。ごまかすように英輔のほうを見て「お前、あんまり祐希にまとわりつくなよ」と眉をひそめた。

「は？　なに言ってんの？　まとわりついてないよね、俺」

すこし考えてから「うん」と首を縦に振った。たしかに、べつにまとわりつかれてなどいない。

「困ったことがあったら、すぐに言えよ」

英輔は「聞こえてるよー」と笑いながらトイレに消えた。志道さんはまだなにか言いたそうだったが、時計を見るなり焦り出した。「さあ紘果、そろそろ着替えよう」と紘果を部屋に追い立てていった。

料理はまったくできないと言っていた未来は、存外慣れた手つきで卵を割っていく。

「みりんを小さじ一、いれてね」

未来は鼻の頭に皺を寄せて、わたしが差し出した計量スプーンを眺める。

「いちいち計らないとだめ？」

「めんどくさいと思うかもしれないけど、失敗の可能性を事前に減らしておけば全体の作業が楽になる」

「そんなもん？」

ぶつぶつ言いながらも、真剣な顔でみりんの容器を傾け、小さじを満たしていく。

「じゃあ、塩少々ってどれぐらい？」

「0・6グラム」

即答されるとは思わなかったのか、驚いたように未来のまぶたがぐっと押しあげられた。

「そういうの、どうやって覚えたの？」

「本とか、ネットとかで」

そっか、と目を伏せる。熱したフライパンに溶いた卵を流し入れた。

「弱火ね。これぐらいが弱火。すこしずつ火が通ってかたまるから、箸を四本使ってぐるぐるかき混ぜ続けてくれる？　そうするとふんわり仕上がるから」

「それも本かネットの知識？」

「箸を四本使うのは、実奈子さんが教えてくれた」

「へえ」

未来がふたたび目を見開く。意外、と呟きもする。

「あの人、料理とかできたんだ」

「昔はね」

「毎日お酒の臭いぷんぷんさせて、はっきり言ってなんの役にも立たない人だと思ってた」

なんと答えていいかわからない。実奈子さんにだってすこしぐらいはいいところはあった。

でもそれをわたしが今ここで言って、なんになるのだろう。

「じゃあ、行ってくるから」

ふいに背後から声をかけられ、飛び上がりそうになる。振り返ると、志道さんと紘果が並んで立っていた。紘果は紺色のワンピースというよそゆきな装いだった。

「うん。行ってらっしゃい」

「結婚の挨拶でもするのかな」

玄関の物音が遠ざかるのを待ってから、未来がわたしに話しかける。

「わたしが男なら、どれだけ美人でも紘果さんとは結婚しないな。だって家のこととかなんにもしてくれなさそうだし」

「結婚って、相手になにかしてもらうためにするものじゃないと思うよ」

「えー、じゃあなんのためにするんですか？　愛とか言わないでくださいね。わたし愛って信じてないんで」

せせら笑う未来に苦笑を返して、コンロの火を止めた。愛なんて信じない、とわざわざ宣言する者は、愛にたいして希望を抱いている。希望、もしくは幻想。

「ちょっと電話してくる」と外に出ていた英輔が戻ってきて「なんか手伝うことある？」とわたしの手元を覗きこんだ。

「ない」

「ないの？」

「未来に教えるのに邪魔だから、座っててほしい」

5

2018年

「はいはい。わかりました」

英輔は片手を上げて、ダイニングテーブルにつく。それでもいちおう何かしなければならないと思っているようで、また立ち上がって箸やグラスを並べはじめた。

鶏そぼろは火をつける前に鍋の中で挽肉に水と酒と砂糖を混ぜるのが肝要だ。先に味をつけてから加熱すると、ぼそぼそになるのを避けられる。

「未来は、どうして料理を覚えたいの?」

おっかなびっくりという手つきで木べらで挽肉をかき混ぜている未来の横顔に問いかけた。自分の人生を手に入れたいという気持ちはよくわかる。でも料理ができるかどうかは必須条件ではない。

「前に言ったでしょ。自立したいって。あのね、わたし親の料理って食べたことないんです」

いつもパンとかお菓子とか食べてた、と鼻を鳴らす。

「母親も父親も、どっちもすっごいバカなんです。下品で、友だちの親とぜんぜん違うし、ほんとに恥ずかしかった。授業参観とかすごい嫌だった。母親なんて上の前歯が二本ともないんですよ。そんな面《つら》で人前に出んなって思ってました。父親もすぐ怒鳴るし、もろに底辺。だから」

未来がそこで言葉を切った。いつまでも足の甲を見つめている。そぼろの鍋が焦げつきそうで、「だから?」と先を促した。

「うん。だから、わたしは常識をちゃんと身につけて、レベルの高い男と結婚するの。ね、今からでも身につくよね？」

「そうだね。つくよ、きっと」

『常識』がわたしに備わっているかはさておき、大きく頷いておく。何歳までに何々しないと何々は身につかない、というような言い回しを、わたしは信じない。信じないようにしている。

「レベルの高い男、ってどんなの？」

英輔が口を挟んだ。よほど空腹らしく、テーブルに抱きつくようにして「ねー、それよりごはんまだー？」と椅子を揺らしている。

「お金持ってて、頭いい男」

そういう男と結婚して、親に復讐《ふくしゅう》するの、と続けた未来の口角がぐいっと上がる。

「なんかさ、幸せになることが最大の復讐、みたいな言葉あるでしょ。わたし、あれ納得いかない」

鶏そぼろの鍋を覗きこみ、醬油とみりんを足す。ふつふつとたぎりはじめたので、火を弱めた。火事になったアパートにはＩＨヒーターが一口しかなかった。次に住むところは二口あるガスコンロが置けるところだといいなと頭の片隅で思う。

「幸せは幸せだし、復讐は復讐だもん。べつべつに果たしたい。なんでそこ混同してうやむやにしてくれてんのって思う。わたしは自分を不幸にした人間は全員不幸にしたい。わたしがあの人たちから浴びせられた以上の惨めさとか恥ずかしさを味わってもらう」

「おお、そうか」

英輔が大きく身を乗り出す。

「いいと思うよ。がんばれ」

炊飯器から炊飯終了を告げる音が大きく鳴った。未来はがっかりしたように、両手をだらりと下げる。

「なにそれ。なんで止めないの?」

止めないよ、という英輔の声と、止めてほしいの? というわたしの声が重なった。

「志道さんはすごい怒ってたよ。そんなことしてなんになるんだ? むなしいだろう! お前は間違ってるよ! って。涙目になっちゃってさ」

「だって復讐したいんだろ? 本気でそう思ってるんだろ?」

本気だけど、と未来は力なく頭を振る。

「じゃあそうすればいい。幸せは幸せだし、復讐は復讐。ほんとうにそのとおりだ」

幸せは幸せだし、復讐は復讐。英輔の言葉を口の中で繰り返す。どんぶりによそったごはんに、二色のそぼろをのせる。一緒にきぬさやを盛りつければもっときれいなのだろうが、ここはあくまでも簡便なほうを選ぶ。あとはインスタントのお味噌汁と、あらかじめ千切りで袋詰めされている生野菜のサラダを添えた。

テーブルに並んだ夕飯を前に、英輔が両手を合わせる。いただきまーす、と言う時、頭が深く下がった。その後は、とくに話をすることもなく、食事を続けた。英輔のスマートフォンが鳴る。未来が「彼女?」と画面を覗きこむ。英輔はスマートフォンをひっこめたが、否定はしなかった。

「ね、見せてよ。顔見たい」

大きく身を乗り出したせいでテーブルの上に上半身を預けたかっこうの未来は、英輔の手からスマートフォンを奪った。

「あ、けっこうかわいい」

「けっこうってなに。それ、失礼だからね」

「ごめんって。他のも見せて」

「もう見せない」

言い合うふたりから目を逸らす。祐希さんも見においでよ、と未来に声をかけられたので、わたしはいいや、と笑って背を向けた。耳の奥で次第に大きくなるざわめきから自分の気持ちを逸らしたくて、流し台のレバーを勢いよくはねあげる。恋人がいるんだって。ざわめきの中から、そんな自分の声を聞き取る。愛の告白みたいだなんて、馬鹿みたいなことを言ってしまった。

「あ、洗いもの、俺がするよ」

英輔が腕をまくりながら近づいてきたが、どうしても目を合わせられなかった。

「料理はできないけど、皿洗いはできるから」

「そう？　ありがとう」

未来はちゃっかり居間のソファーに陣取ってテレビを見始めている。

5

2018年

スマートフォンを確認したら、アパートの管理会社からメールが入っていた。契約の解除の書類の手続きを云々《うんぬん》というメールに返信を入力している途中で、わたしの返信を待てなかったらしい相手から電話がかかってきたため、廊下に出た。

書類は郵便で送ってくれるという。『のばらのいえ』の住所を伝えて電話を切った。台所からはまだ水音が聞こえている。

居間に戻ろうとすると、英輔が廊下に姿を現す。人差指を唇にあて、近づいてきた。わたしの肩に手を当て、居間に入るように促す。未来の姿がなかった。

「見て」

英輔が囁く。台所の流し台では、水が出しっぱなしだ。居間の奥の、紘果たちの寝室。そこに続く引き戸が半分開いていて、中にいる未来が見えた。

なにをしているんだろうと思いながら、同時に彼女がこれからなにをするか、もうとうにわかっているような気もしていた。未来は迷いのない動作で簞笥のひきだしを開け、そこから白い封筒を取り出した。白い封筒の下部に銀行の名が印刷されているのが、やけにくっきりと見えた。

未来は封筒の中をたしかめ、一万円札を抜き取り、ポケットにしまう、一連の動作を見届けた。英輔が足音を忍ばせて台所に戻っていくので、わたしもあわててそれに倣った。

英輔がなにごともなかったような顔で食器洗い用のスポンジを手に取り、皿洗いを再開する。わたしはどうしていいかわからず、カゴに残っていた皿をふきんで拭きはじめた。心臓がまだ、大きく鳴り続けている。なにも言うな、と英輔が低く言った。

「今はな。なにも言うな」

「……わかった」

いつのまにか居間に戻ってきていた未来が、ソファーから身を乗り出して「ねー、アイスとか食べたくない？」と甘えた声を出す。「いいね」と笑い返した頬が引きつっていませんようにと祈った。


盗癖のある人間に出会ったのははじめてではない。『ホープ・フーズ』にも、かつての『のばらのいえ』にもいた。事情を抱えた人たちは、みな清廉な人間ばかりではないし、そもそも全員が経済的な困難を抱えていた。もっとも手早い方法で解決しようと思うのはべつにふしぎなことではない。実奈子さんの財布からお金を抜き取ってパチンコに行った人もいたし、わたしや紘果の貯金箱を盗んで消えた人もいた。

「落ち着いてるね」

アイスを買いにコンビニに行くと言って『のばらのいえ』を出てきたら、英輔が後ろからついてきた。まあ、と濁して先を急ぐが、英輔のほうが歩幅が広い。あっというまに追いつかれて、隣に並ばれる。

「あの子、俺の財布からも金抜いたことあるんだよ。まあ、置きっぱなしにしてた俺も悪いんだけど」

5

2018年

「志道さんは、そのこと」

「知らないと思う。俺は言ってないし」

かつて『のばらのいえ』で盗みをはたらいた人は、すべて追い出されている。もし志道さんがこのことを知ったら、未来も当然そうなるだろう。

「まあ、志道さんだって他人を責められるような人間じゃないけどね」

英輔が立ち止まったので、わたしもそうした。自然と向き合うかっこうになる。

「わたしはやっぱり紘果がなんと言おうと、あの時一緒に連れていくべきだった」

間違っていた、と呟くと英輔が大きく息を吐いた。

「俺のことは？」

ためらうように腕を伸ばして、一度ひっこめて、また伸ばされた腕が、おずおずとわたしの肩に触れた。

「俺のことはどうなの。間違ってたと思う？ そもそも祐希は、今日までのあいだに一回ぐらい俺のこと思い出したり、考えてくれたりしたことがあったのかな」

英輔の声が一瞬裏返って、そのあと語尾が震えた。

「一緒に生きていく方法があったんじゃないかとか、考えてくれたことはあった？ 教えてくれよ」

ないよ、と答えたわたしの声は自分でも驚くほどつめたかった。考えたよ、苦しんだよ、なんて今更伝えてどうなる。英輔は怯《ひる》むことなく、もう一方の腕を伸ばしてわたしを引き寄せる。

「俺は考えたよ。なんで祐希は俺に助けを求めなかったんだろうって。なんで黙って消えたのかな、俺はそんなに頼りなかったかなって。何べんも、何べんも、嫌になるぐらい考えたよ。でもきっとあの時の祐希はああいうやりかたしか思いつかなかったし、あの時の俺はもし相談されてもなにもできなかったんだろうから」

この人がわたしたちを明るい方向に引っぱっていってくれる。高校生のわたしは英輔にたいしてそんな期待をしていた。愚かで無責任な期待だ。わたしと同じように英輔もまたなんの力も持たない子どもだったというのに。

肩に額を押しつけると、わたしを抱きしめる腕に力がこもった。ただし、ほんのわずかに。そのことに声を上げて泣きたくなる。わたしはこれまで他人からこんなふうに大切なものを扱うように触れられたことが一度もなかった。

昔、酔った同僚にふざけて抱きつかれたことならある。わたしは悲鳴を上げて相手を突き飛ばし、あとで「清純ぶってる」と陰口を叩かれた。

わたしは英輔の腕を振りほどかない。英輔が触れたがっているのはきっと、わたし自身ではなくて、遠い昔に触れることができなかったなにかだ。

とても感傷的な行為だが、わたしはわたしで英輔の感傷を利用している。なにも考えずにただ他人の身体に寄りかかっていられる、その安らかさをもうすこしだけ享受したいと願っている。願いながら同時に、抱き合っている人間同士はお互いに逆の方向を見て、違うことを考えていると知る。

5

2018年

背後で悲鳴のような声がした。英輔はぎょっとしたような顔でわたしから離れた。女の人が駆け寄ってきて、わたしたちのあいだに割り込んだ。英輔に向かってしきりになにかを訴えているが、泣いているためよく聞き取れない。でも状況の意味はわかる。この人はたぶん英輔の恋人で、わたしと英輔はいちばん見せてはならないものを見せてしまった。

英輔の恋人が泣き止むまで、一時間ほど待たなければならなかった。未来に「ごめんアイスは明日」とメッセージを送り、それから楕円形のローテーブルの反対側で恋人の肩を抱く英輔を見る。

英輔の恋人の名は、カスミというらしい。何度もその名を呼ぶので、それとわかった。二十歳そこそこぐらいに見える。

カスミさんは『のばらのいえ』に寄る、と電話をかけてきた英輔の帰りが遅いので心配になって様子を見に来たという。英輔が泣く恋人を「とりあえず帰ろう」と宥《なだ》めていたので、わたしはこれ以上ここにいても邪魔になるだけだろうと思った。さりげなく離れていこうとしたのだが、カスミさんがわたしを「逃げるんですか」と睨みつけ、まごまごと言い訳しているうちにここまで一緒についてくることになった。

英輔が「祐希とはなにもないんだ、カスミが思っているようなことはなにもない」と言い続け、カスミさんが「なにもない相手とどうして抱き合う必要があるの」と責め、英輔が口ごもる。その繰り返しだった。もどかしいが、部外者であるわたしが口を挟んでいいのかどうかわからない。

さりげなく室内を見まわす。冷蔵庫にマグネットでとめてあるレシピカードは、スーパーマーケットの入り口などによく置いてあるものだ。Tシャツなどがお店の商品みたいにきっちり畳まれてメタルラックに重ねられていて、Tシャツの脇には化粧用のコットンの箱があった。ふたりはここで一緒に暮らしているらしい。

「英ちゃん、わたし泣きすぎて頭痛くなってきた」

英輔があわてて立ち上がる。目を冷やしたほうがいい、と冷凍庫を開け「ああ、氷がない」と頭を抱えていた。

「買ってくるよ」

あたふたと出ていく英輔は、どこか安堵しているように見えた。終わりの見えないやりとりを続けるよりは、具体的に行動するほうがたしかに楽だ。玄関のドアが閉まるとともに、カスミさんが「なにか言いたいことはありますか」とわたしにきつい視線を向けた。

「英輔はわたしに恋愛感情とか一切ないし、わたしもないです。さっきの状況はただ、わたしを心配してくれての行動であって」

「知ってます」

カスミさんは苛立たしげに首をぶんぶんと横に振った。そのたびに髪が乱れて、彼女の頬を打つ。

「知ってます。あなたのことは英ちゃんからぜんぶ聞いてましたから。でも、だからこそ嫌なんです。あなたはすでに英ちゃんの恋愛対象じゃない。なのにいまだに心配してもらえる。それってすごく特別な存在だっていう証拠だから、だから腹が立つんです。あなたがそうやってわたしより英ちゃんのことわかってるような口ぶりで喋ることにも苛々する」

わたしが黙ってそのことについて考えていると、カスミさんは「あと、その服。わたしが母のためにアップリケをつけてあげた服なんですけど、なんであなたが着てるんですか？」と言うなり顔を背けて立ち上がった。

「すみません。持ってる服がぜんぶ燃えたので、借りてます」

「まだあそこに残ってたんですね、母の服が」

台所に向かったと思ったら、マグカップをふたつ持って戻ってきた。インスタントのココアしかありませんけどどうぞ、と片方を差し出してくれる。正確に言うと、鼻先に突き出された。わたしに渡したマグカップはピンクで、「K」と書いてあった。カスミさんは淡いグリーンの「E」と書かれていたマグカップに口をつける。

「英ちゃんとは『のばらのいえ』を出てから知り合いました」

カスミさんがバイトをしていたレストランで、へんな客に絡まれているところに割って入ってくれたのが英輔だった。

「かっこよかった」

一瞬ゆるんだ表情に、ふたたび影がさす。

「大好きなんです。あいつの甥だって聞いた時は、そりゃ、もちろんショックでした。英ちゃんにはぜんぶ話した。そのうえでつきあいはじめたんです」

なんと言っていいのかわからず、二度頷いた。腫れたまぶたを押し上げて、カスミさんはわたしをまっすぐに見ている。あいつとは志道さんのことだろうか。カスミさんからも嫌われているらしい。

「英ちゃんは、あいつがやったことを公にしたほうがいいと思ってるみたいです。『のばらのいえ』に出入りしてるのは、そのため。なんとか証拠を摑もうとしてる」

「やったことって、なんですか」

わたしの質問を検分するように、カスミさんの目がゆっくりと細められる。短くない沈黙が流れ、それから「写真のことです」という言葉が、かすかに歪んだ唇から発せられた。

「あいつは『のばらのいえ』の子どもの写真を撮ってました」

実奈子さんが言うには志道さんのカメラの腕前は「プロにならないのがもったいないぐらいの腕前」だった。志道さんはたしかによく子どもたちの写真を撮っていた。でもカスミさんが言いたいのは、なにかもっと違うことのような気がした。

「それを売ってたんです。秋月っていう男たちに」

秋月は『のばらのいえ』に定期的に寄付をしていた男だ。子どもの写真を買う、という言葉の意味と、物置に隠すように置かれていた写真がつながった瞬間、マグカップを持つ手の感覚がなくなった。ゆっくりとテーブルに置いて、呼吸を整える。

写真、撮ったの。ふいにあの子の声を思い出した。たしか、みづきちゃんという名の子だった。

秘密を打ち明けるという感じではなかった。海に行ったの、写真いっぱい撮ってもらったの、と言いながら、あの子はスカートのすそを持ち上げていた。そんなふうにしたら下着が見えるよ、と言って手をおろさせただけで、その意味については深く考えなかった。

志道さんがときどき、子どもの誰かを伴ってどこかに出かけること。彼女たちが「いつのまにか」いなくなってしまうこと。「訪問」の男たち。実奈子さんが時々泣いていたこと。お酒を飲み過ぎること。つぎつぎとつながっていく。高校生の頃、てるみさんは「あんたも知ってたんでしょ？」とわたしを突き飛ばした。「二度と近づかないで。殺してやる」とも言った。

わたしはその「あの男」を保のことだと思った。保がなにか、迷惑をかけたのだと。

「いい子だから」

カスミさんがそこで言葉を切って、下を向く。

「いい子だから、特別に遊びに連れていってあげる、って言われたんです。カスミひとりだけ、特別にって。ファミリーレストランでパフェを食べました。それから大きな噴水のある公園で、水遊びした。カスミはかわいいね、かわいいねって言われて、わたし浮かれたんです。調子に乗ったの。だからあいつに写真を撮らせた、言われるままにポーズをとって、にっこり笑って」

わたしも悪かったんですと呟くカスミさんの声が震えた。

「もう十一歳だったのに。警戒心がなさ過ぎた。恥ずかしいと思ってます」

5

2018年

「違う。あなたはぜんぜん悪くない」

そんなふうに思っちゃいけない、と言うわたしの声はほとんど叫び声に近かったが、カスミさんの耳には届いていないようだった。

実奈子さんはきっと、知っていたのだろう。そういうことに耐えられなくて、だからあんなにお酒を飲んでごまかしていた。

じゃあ、紘果はどうなのか。混乱して、テーブルに肘をつく。

英輔が帰ってきて、わたしたちを交互に見る。ただ氷を買いにいっただけにしては遅かったから、もしかしたらしばらく入るタイミングを窺っていたのかもしれない。

「このことは英ちゃんのお父さんも知ってます」

カスミさんが英輔を見やる。英輔は目を伏せて、氷をビニール袋にうつしている。タオルでくるんで、カスミさんに渡した。

「英ちゃんはあいつを警察に突き出したいみたいだけど、英ちゃんのお父さんはぜったいに公にするなって言ってる。ね、そうだよね。そりゃそうだよ。細田建設っていったらこのへんじゃ有名な会社だもん。社長の弟がそんなんじゃイメージ悪すぎるもんね」

「カスミ、志道さんは悪いことをしたんだ。それはほったらかしにしちゃいけない」

「ねえ、何回も言ったでしょ」

カスミさんが氷をくるんだタオルを英輔に投げつけた。

「わたしはどうなるの？　へんな写真を撮らせた子だって、馬鹿な子なんだって、一生そう言われ続けるんだよ？　ねえ、わかってるの？」

「違うよ。撮らせたんじゃない、撮られたんだろう。カスミは被害者……」

「そうだよ！　でもみんなはそんなふうに思ってくれないんだよ！」

絞り出すような声に、わたしは目をきつく閉じる。

わたしを「清純ぶってる」と揶揄《やゆ》したかつての同僚は、のちに酒の席で女子中学生とした性行為について声高に話していた。「未成年の人権云々って言うなら未成年の、気持ちいいことしたいっていう自由な意思を尊重してあげるべきでしょ」というのが彼の持論で、わたしが身をかたくしていることに気づくといっそう声を大きくして「あんたより、今どきの未成年のほうがよっぽどすすんでますよ」とせせら笑った。

「一度ちゃんと聞きたかったんだけど」

英輔がわたしの前に腰をおろした。

「祐希は、ほんとうに知らなかったのか？　知ってたから逃げたんじゃないのか？」

知ってたら家出なんかしなかった、と言いかけて、口をつぐむ。ほんとうだろうか。知っていたとして、なにかできただろうか。自分のことで精いっぱいだった、あの頃のわたしに。

6

2008年

「盛山さん、ちょっといいですか」

五時間目の授業は英語だった。ノートと教科書をしまっていると、春日先生が声をかけてきた。昨日まではテスト期間ではやく帰れたけど、今日からはいつも通りの授業だ。

「放課後、お時間いただいてよろしいですか」

大人に話しかけるような口調に戸惑いながら頷く。職員室ではなく、この教室で話がしたいという。

紘果に先に帰ってもらい、図書室で借りた本を読みながら待った。『のばらのいえ』に戻ればさまざまな雑用が待っている。はやく帰りたいという気持ちと、帰りたくない気持ちの両方がある。

春日先生とは、ふだんはあまり話したことがない。

最初の授業で生徒から投げかけられた私生活に関する質問には無視をつらぬいた春日先生だ

6

2008年

ったが、噂では結婚しており、三歳の娘がいるらしい。筆ペンでちょいちょいと描いたような目鼻立ちをしていて、服はいつも紺か灰色のスーツときまっていた。まじめそうな風貌に反して、誰よりもいいかげんな先生だ。生徒たちにプリントを渡して、あとはずっと教卓にもたれて眠そうにしていることもある。「英語の勉強になりますので」と嘯《うそぶ》いて、映画のＤＶＤをただ流すだけの授業も多い。多くの勉強嫌いの生徒からは好かれ、ごく一部のまじめな生徒からはとても嫌われている。あの先生、生徒に興味なさそうだよねとか、教師になったのはたんに公務員で収入が安定してると思ったからだって話してたよ、とか、そんなふうに噂されている。

　春日先生が教室に入ってきて「しにいたるやまい」とわたしの持っていた本のタイトルを読み上げた。

「おもしろいですか」

「おもしろいとかおもしろくないという以前に、ぜんぜんわかりません」

「なぜそんな本を読もうと思ったんですか」

「一般教養なのかと思って」

　春日先生が「いっぱんきょうよう？」と怪訝そうに片眉を上げる。わたしの勘違いだったのだろうか。図書室で借りた小説にこの本のタイトルが出てきて、登場人物全員が本の内容を前提として共有していた。だからわたしも読んでおかなければならない、と思った。ふつうの家で育ったふつうの子がふつうに読んできたような本を読んでおかなければきっと将来困るはずだからと。

春日先生は「いや、それよりこのテストのことです」といきなり答案をわたしのほうに向けた。四十八点、という数字をこつこつとペンで叩く。それからペンは、解答欄の空欄をつぎつぎと指していった。

「どうして一度書いた答えを消してるんですか。全部正解なのに」

わたしは答えなかった。なんとかこの場をやり過ごす言い訳を探していた。しばらく沈黙が続いたのち、春日先生がとつぜん鞄を開け、机の上に、レトルトのミートソースを置いた。

「お腹でも空いてるんですか？　頭が回らない？　これ吸いますか？」

意味がわからずかたまってしまった。春日先生がミートソースのパウチを持ち上げる。

「端のところをちょっとだけ切って、そこからちょっとずつ吸うんです。ゼリー飲料ってあるでしょう、あれを見て思いつきました。ゼリーが吸えるなら、パスタソースやカレーも吸えるのではないかと。器いらずで、簡単に小腹を満たせる。先生の親戚は県外でこういうものをつくる工場を経営しています。定期的に家に送られてくる」

「先生は、ふだん吸っているんですか、これを」

「はい。意外といけます」

わたしが笑うと、春日先生はこめかみをペンで押さえながら「やっとこっちを見ましたね」と静かに言った。小さな一重の目でまっすぐに見つめられると、もう適当な嘘をつくことができなくなった。

「目立ちたくないんです」

大学進学はさせない、させる意味がない、と志道さんが言っていた。実奈子さんはなにも言わなかったが、志道さんの意見は実奈子さんの意見だ。

良い成績を取れば、先生たちはきっと進学をすすめてくる。三者面談でもめるぐらいなら、最初から進学という選択肢がないほうがましだった。

「じゃあ、最初から解答欄を埋めなければいい。強い筆圧で正答を書いたあとにわざわざ消しゴムをかけるなんていう、思わせぶりなことをせずに」

「それは……」

膝の上でぎゅっとスカートを握った。教室の床には細かな傷がたくさんついている。床ばかり見ていた、とふいに思い出す。英輔に出会う前のわたしは、地上の虹を受け取る前のわたしは、ずっと下ばかり向いていた。

「盛山さんはほんとうは、ちゃんと答えがわかってるんだとわたしにアピールしたかったんじゃないんですか?」

羞恥で縮こまりそうになる背中をなんとかまっすぐに伸ばして、あえて顔を上げた。その通りだ。気づいてほしかった。勉強ができないふりをしているだけでほんとうはできるのだと、ひっそりとでもいいから、誰かに知っていてほしかった。視線がかち合う。春日先生の表情は、顔を上げる前に想像していたより、ずっとやわらかいものだった。

「こんなわかりづらいSOSじゃ、たいていの人は見逃しますよ。もっとも、あなたが大声で助けをもとめても聞こえないふりをされるだけでしょうけどね」

「そんな」

「そんな、じゃないですよ。みんな、自分のことで精いっぱいなんですよ？」

「じゃあ、どうすればいいんですか」

まずあなたがどうしたいんですか、と春日先生が首を傾げる。

それを、まず自分で決めなければならないのだ。春日先生が窓の外に視線を転じる。「生徒に関心がない」とされるこの先生がどれぐらいまでなら返答を待ってくれるのか、想像もつかない。はやく答えなきゃ、という焦りで手のひらが汗ばんだ。はやく。はやくなにか言わないと。

わたし、と発した声が上擦った。

「あの家から、『のばらのいえ』から出たい。卒業したら手伝いをしろと言われてるけど、嫌なんです」

春日先生は表情を変えずに頷く。窓の外を眺めたまま。

「保、あの、紘果の兄です。他の人には保の世話はたぶん無理で……でもわたし」

ほんとうに嫌なんです、と声を絞り出す。ひどいことを言っているとわかっていた。ひとりでは生きていけない保を捨てたがっている。保のことは、なんとかしてあげたいと思う。もっといい生きかたがあるはずだと思う。でも保のそばにいるかぎり、わたしはわたしの人生を奪われ続ける。

「先生、わたし、どうしたらあの家を出られますか？」

そうですねえ、とめんどくさそうに呟く春日先生の眼鏡に夕陽が反射しているせいで、まったく感情が読み取れなかった。外からはずっと運動部の生徒たちの掛け声が聞こえていた。祈るような気持ちで春日先生の言葉の続きを待った、あれほどの長い時間を、わたしはそれ以前にも以後にも、経験したことがない。

6

2008年

校門のすぐ近くに見慣れた後ろ姿があった。先に帰ってと言ったのに、紘果はわたしを待っていたらしい。紘果は数人に囲まれていた。なにかされているんだろうかと駆け寄って、違うとわかった。囲んでいるうちのひとりが、英輔だったから。

紘果とはクラスが離れたが、毎朝一緒に登校していた。英輔とは同じクラスで、今は前後の席順だった。プリントをまわす時、前に座っている英輔はかならず身体を捻《ね》じまげて、しっかりと手渡しする。前を向いたまま肩越しにぞんざいにプリントを差し出したり、投げるように置いたりするようなことは一度としてない。「はい」というひとことを添えて、時にはしっかりと目を見て渡す。皮膚の下で小さな生きものが走り回っているような気分になった。小さな生きものは頬を紅潮させ、甲高い声を発しながらはしゃぎまわって、わたしの脈を速くした。

「春日先生、なんだって?」

英輔たちは放課後にどこかに寄ろうと相談していたところにひとりでいる紘果を見つけた。それで、みんなでわたしを待っていよう、という話になったらしかった。

「怒られた?」

黙って首を横に振る。じゃあなんの話だったのかと言われて、返答に困った。そうですねえ、のあとに続いた春日先生の話を、誰にも話すわけにはいかない。今はまだ。

「まあいいや。海に行かない？」

英輔は「なんで海」というわたしの疑問にはいっさい答える気がなさそうだった。紘果に「どうする」と訊ねると、気のない様子で「祐希が行くんなら」と髪の毛をいじっている。

「わかった。行く」

春日先生と話したあとの興奮が、まだわたしの内側でくすぶっていた。良い子は天国へ行く。悪い子はどこへでも行ける。

英輔たちはすでに歩き出していた。だからわたしも急いでそのあとを追った。途中、英輔たちの顔見知りらしい女子も合流した。歩いているうちになんだか意味もなくおかしくなってきて、笑いながら、もつれあうように走り駅に向かった。

ほんとうはたいして海など好きではなかった。ここから電車で行ける海などたかが知れている。海水は汚れているし、砂浜はゴミだらけだ。靴を脱いだ英輔は、制服のズボンを膝までまくり上げて波打ち際ではしゃいでいた。もうひとりの女子も裸足だった。わたしもあっちに行きたかったけど、砂浜に座りこんだまま動かない紘果を置いていくわけにもいかない。

紘果は海には興味がないようで、鞄から雑誌を出してめくりはじめた。

「これ、かわいいよね」

指さしたページに「幸運のモチーフアクセサリー特集」の見出しが躍っていた。

6

2008年

ハートは「愛」のモチーフ。恋を叶えてくれる。クローバーは「幸福」の象徴。ヨーロッパでは定番のホースシューは「幸運を呼びこんで逃さない」と言い伝えられています。王冠、星、船の錨《いかり》、蝶《ちょう》や猫やうさぎのアクセサリーが並んでいる。

「どれが好き?」

紘果に問われて、なつかしさに笑ってしまった。小学生の頃、よくやった。雑誌やチラシを広げて、そこにのっている中でいちばん欲しいもの、すてきだと思うものを「せーの」で指さす遊び。ぜったいに手に入らないと知っていたけど、楽しかった。

わたしは羽根のモチーフのリングを指さした。そこに書いてある言葉が気に入った。羽根は空へ飛びたてることから、上昇や飛躍の象徴です。

「紘果は?」

「わたしはこれ」

クローバーのネックレスを指さす。プラチナで、一枚の葉には朝露のように透明な小さな石が埋め込まれている。

「高いけどかわいい」

数万円のアクセサリーは、わたしたちにはとうてい手の届かないものだった。「そうだね、高いけど、かわいい」とわたしが頷くと、紘果は恥ずかしそうに笑って雑誌を閉じた。

みんながはしゃぐ声が届いていたが、紘果はそちらには興味を示さなかった。いつのまにか三つ編みがほどけていて、よく見るとヘアゴムが片方なくなっている。走っているあいだにどこかに落としたのかもしれない。紘果は髪が細すぎるせいか、ゆるいヘアゴムを使うとよくそうなる。紘果がもういっぽうの三つ編みもほどいたので、わたしはブラシを取り出して、髪を梳《す》いてやった。

「春日先生、ほんとうになんの話だったの？」

紘果がわたしに頭を預けたまま問う。一瞬、話してもいいかなと思った。紘果にならｏでも、今じゃない気もする。進路のこと、と濁した。嘘はついていない。

「実奈子さんと志道さんはずっと『のばらのいえ』にいてほしいって」

わかってる、と小さく答える。進学も就職もせずに、ずっと『のばらのいえ』のことだけやっていろということだ。今まで通り雑用をこなして、保の世話をして。

しらゆきちゃんとべにばらちゃんはいつも一緒にいなきゃ。昔実奈子さんがよく口にしていた言葉を、紘果がぎこちなく真似た。紘果の大好きな『しらゆきべにばら』。わたしはあんな物語は、大嫌いだ。紘果にも実奈子さんにもけっして話したことはないけれども。

仲良く暮らしていたしらゆきとべにばらの家に、ある日熊がやってくる。金色の毛をした礼儀正しい熊で、ふたりはすぐに仲良くなるが、熊はやがて家を出ていく。

しらゆきとべにばらは熊に出会ったあと、森で小人に出会う。小人は倒木にひげをはさまれて動けなくなっている。ふたりは小人を助ける。小人は感謝するどころか、しらゆきとべにばらに悪態をついて去っていく。そのあともう二度、同じことがくりかえされる。ふたりが小人を助けて、小人はふたりに悪態をついて。

6

2008年

　しらゆきとべにばらはその後、小人が洞窟にたくさんの宝石を隠しているのを見つける。ふたりに気づいた小人はその場を去ろうとするが、どこからともなく熊が現れ、小人を殺す。じつは熊は、小人の魔法で熊に姿を変えられた王子だったのだ。そして、洞窟の宝石は小人が王子から奪ったものだったということがあきらかになる。

　しらゆきは小人の死によって魔法が解けた王子と結婚し、べにばらは王子の弟と結婚する。この「王子の弟」はそれまで一度も物語には登場しない。王子の弟に関する記述はラストの「しらゆきは王子と、べにばらは王子の弟と結婚しました。小人が王子から横取りした宝は二組の夫婦で分けました」の箇所のみだ。唐突に登場した男といきなり結婚をさせて、それをハッピーエンドと言いはるなんて、馬鹿にしていると思った。

　中学生の時に、『しらゆきべにばら』はカロリーネ・シュタールという人物の作品をもとにグリム兄弟が執筆したものだと知った。シュタール版には、王子と少女たちが結ばれるという話はない。勝手に加筆された結末なのだ。それを知ってから『しらゆきべにばら』がますます嫌いになった。グリム兄弟は、なぜ少女たちが結婚することが「幸せな結末」だと思ったのだろう。

　どうしてそんなに、うぬぼれていられるのだろう。

「紘果とは一緒にいる」

　わたしがそう言うと、紘果は目を大きく見開いた。

「『のばらのいえ』を出る時は、紘果も一緒に連れていく」

紘果の返答はなかった。風と波の音で聞こえなかったのかもしれない。ひときわ大きな波をかぶった誰かの悲鳴とみんなの笑い声が砂浜に響いて、すぐに風がさらっていった。英輔が走ってきて、わたしの腕を摑んで立ち上がらせた。

「え、なに？」

「いいから」

ちょっと行ってみようよ、と言いながら、英輔はすでに駆け出している。つんのめりそうになりながら、わたしも大きく一歩踏み出した。「うわー、青春」と背後で誰かがからかう。

「行ってみるってどこに」

「遠くまで」

行ってみようよ。遠くまで。それはとてもすばらしい誘いだった。相手が英輔なら、なおさら。砂がわたしたちの足を吞みこむせいで、頻繁に体勢が崩れる。そのたびに距離が近くなった。英輔とわたしの肩や腕がぶつかり、最初は「ごめん」と言い合っていたけど謝りながら走り続ける意味がわからなくなってきて、息が切れるほど笑った。

振り返ったらみんなも紘果も小さな点になっていて、ずいぶん長い距離を走ったことを知った。

英輔はなおもわたしをひっぱって、波のそばまで連れていこうとする。

「やめて、靴濡れる」

「あ、もしかして、こわがってる？」

6

2008年

「こわいなんて言ってない」

言い合ううちに、また距離が近くなった。英輔の息がわたしの前髪にかかるほど。

「……祐希は、好きな人とかいるの」

見上げると、英輔は恥ずかしいのか、顔を真横に背けていた。黒目に空がうつりこみ、青みがかっている。

「いるんだ」

わたしはすこし迷ったけれども「いるよ」と正直に答えた。

「うん」

「誰」

波の音に紛れそうに小さい声で「英輔」と言った。俺も、と答えた声はひときわ大きい波の音にかぶさっていたが、わたしの耳にはしっかりと聞こえた。

「うん」

「俺も好き」

「うん」

「ものすごく好き」

「うん」

つきあう？　と訊かれた時、ほんとうは頷きたかった。

「つきあえない」

傷ついたような表情を浮かべた英輔は、すぐに気を取り直したように「でも、好きな人は俺なんだよね」と上体を反らした。どこを見ていいのかわからなくて、しかたなしに空を見ているみたいに見えた。

「なんでつきあえないのか、教えてほしい」

好きなことと「つきあう」こととはイコールではないのだ、と説明するための言葉を、その時のわたしは持っていなかった。だから英輔にもわかる言葉を使った。

「わたしは卒業したらここからいなくなる。ねえ、このこと、誰にも言わないでよ」

なんだ、と英輔が安堵したように息を吐く。

「それでもいいよ」

「よくないよ」

好きだなんて言うべきではなかった。気をもたせるようなことはすべきではなかった、でもわたしは欲しかった。好きな人に好きだと伝えて、好きな人から好きだと言われる幸福を、ほんの一瞬でいいから、手に入れてみたかった。

「ごめん」

謝らないでよ俺が責めてるみたいだから、とため息交じりに吐き出された声を、波がさらっていく。あとには白い、ヴェールのような泡だけが残る。

「きっと祐希は複雑な世界で生きてるんだな。俺に話せないぐらいの」

それからみんなでアイスクリームを買って食べた。英輔はもう、わたしには話しかけようとしなかった。

玄関で靴を脱いでいると、居間からいつものようにわーわーという声が聞こえた。台所に入った瞬間、なにかやわらかいものを踏みつけた感触があった。靴下の裏に、米粒がべったりとくっついている。卵の殻や魚肉ソーセージの袋が散らばっており、ガスコンロに放置された中華鍋からチャーハンらしきものが大量にこぼれていた。

子どもたちは走り回っていて、こちらを見もしない。彼らの母親はもう仕事に出かけたのか、姿が見えない。実奈子さんは自分の部屋にいた。ベッドの上に胡坐をかいて、ワインのボトルに直接口をつけて飲んでいる。

「どうしたの」

わたしの声は、自分でもぎょっとするほどつめたかった。

「あんたの帰りが遅いから」

実奈子さんは責めるような声を出す。

「あんたの帰りが遅いから、ごはんつくったの。子どもたちに。だけどちっとも食べないの」

まずいんだってさ、ははは、とすこしもおかしくなさそうに笑って、今度は揶い上げるようにわたしを見た。

「わたしだって、がんばってるのにさぁ」

「……がんばってる?」

なにをがんばっているというのか。毎晩お酒を飲んでなにもかもほったらかしにして、わたしにぜんぶ押しつけている実奈子さんが、いったいなにをがんばっているというのか、わたしにはほんとうにわからなかった。

背後で物音がして振り返ると、保が様子を見に来た紘果を押しのけて入ってくるところだった。どうしてだか、顔が真っ赤だった。

「嫌だ、なにそれ」

保の頬から首筋、Tシャツの胸から腹部にかけて、さまざまな色に染まっている。赤はトマトケチャップのようだった。顎のあたりで黄色くかたまっているのはスクランブルエッグの残骸。わたしが朝食用にと部屋に運んでおいた皿をひっくり返してしまったようだ。

「祐希」

まわらぬ舌で、わたしを呼ぶ。わたしはそれには答えずに、実奈子さんに「保、お酒飲んでるの？」と訊ねる。億劫そうに持ち上げられた実奈子さんの頭が、ふたたびがくんと落ちる。

「だってギャーギャーうるさいんだもん……酒でも飲ませたら静かになるかなって……」

刺すような臭いが鼻をつき、振り返った。保が穿いているスウェットの股間から足元にかけて、みるみるうちに染みができていく。床に黄色い水たまりができて、紘果が小さく悲鳴を上げた。

「ちょっと！」

わたしは保の腕を摑み、浴室に連れていった。服を着せたまま、頭からシャワーの湯をかけると、保は子どものような声を上げる。すこし嬉しがっているようにも聞こえ、そのことがわ

6

2008年

たしをいっそう苛立たせた。脱衣所でおろおろしている紘果に「タオル、出しといてくれる?」と指示すると、紘果がびくりと身体を震わせ、そのことにもやっぱり苛立った。そこにいてよ、と尖った声で続ける。そこにいて。なにもできないのならせめて、わたしと保をふたりきりにしないで。

「紘果もそれぐらいならできるでしょ」

ひどいことを言っている自覚はなかった。すくなくとも、その瞬間のわたしには。

「お酒なんか飲んじゃだめだよ、保」

トマトケチャップの赤。スクランブルエッグの黄色。お湯に混じって流れ出した汚れは、排水口でたまってどろどろとした醜いかたまりになる。制服のスカートが濡れたが、それに構っている余裕はなかった。汚れたままにしていると、志道さんの不興を買う。志道さんが不機嫌になると実奈子さんは落ち着きをなくしてまたお酒を飲む。

何日も洗っていない保の髪は油っぽくかたまっていた。シャンプーを振りかけても泡立ちが悪い。力任せに手で擦ったが、保はされるがままになっていた。熱い湯気に包まれているにもかかわらず、背筋が寒くなる。保は今や、かろうじて人のかたちをとどめているなにかでしかないのかもしれない。

もう、こんなの嫌だ。シャワーを摑んでいる手の震えが止まらなくなる。シャワーヘッドで殴りつけて殺せないだろうか。石鹼《せっけん》で足を滑らせた事故に見せかけて殺せないだろうか。

自分の空想が馬鹿げているとは、その時のわたしには思えなかった。それぐらい必死だった。

死んで、死んで、ねえ、死んで保。ねえ、お願い。

お願いだから、死んでください。

シャワーヘッドを振り上げた時、保が笑った。赤ん坊みたいな笑い声だった。お湯がちょうど首筋にあたって、くすぐったかったらしい。

「ごめん」

わたしの声は小さすぎて、保には聞こえなかっただろう。それでも、もう一度同じ言葉を繰り返さずにいられなかった。ごめん。ごめんね、保。

のろのろと振り上げた腕をおろし、髪に残った泡をていねいに流してやった。


季節は、うすい布を重ねていくように色を変えていった。その布はときどき剝がされて、もとの色に戻った。わたしたちは、寒くなったと思ったらまた急にあたたかくなったねとか、なに着ていいのかわかんないねとか、そんな挨拶を交わしあった。気候は不安定でも、時間は正しく過ぎる。

高校卒業後は『のばらのいえ』のお手伝いをさせてください。そう頭を下げた晩、志道さんはケーキを買ってきてくれた。いつものように「食べ過ぎるなよ、太るとみっともないからな」というひとことを添えて。

実奈子さんはめずらしく上機嫌で、お寿司をとってくれた。いちばん安いものだったけれども。保は部屋から出てこなかった。『のばらのいえ』の利用者は今は二組、その四人にももちろん、お寿司とケーキがふるまわれた。

「祐希ももうすぐ『のばらのいえ』の正式なスタッフだ。これからはもうちょっと愛想よくしなきゃだめだぞ」

志道さんはかなり酔っていた。酔って、上機嫌で、赤くなった鼻の頭が醜かった。

「欠点を若さでカバーできるのはごくごく短い期間だけだよ。そんなんじゃ彼氏もできないだろ。人生、もったいないぞ」

そうかもね、とわたしは相槌を打つ。言いたいことはいっぱいある。でも黙っている。ただこの瞬間をやりすごすことだけを考える。彼氏ができないと人生がもったいないと志道さんは言う。うぬぼれている。しらゆきは王子と、べにばらは王子の弟と結婚しました。どうしてそんなにもうぬぼれていられるのだろう。どうして女は男なしでは幸せになれないなんて、無邪気に思いこめるのだろう。

「祐希、がんばってね」

「うん、がんばる」

わたしは実奈子さんと志道さんをまっすぐに見つめて宣言した。嘘をついていることへの罪悪感は、いっさいなかった。

あれから何度も、春日先生と話した。紘果には「英語のわからないところを教えてもらっている」という言い訳が通ったが、英輔はそうはいかなかった。なにか隠してるだろ、と後をついてきて、そのたびはぐらかしている。

「あなたにはこれから、いくつも嘘をついてもらいます。できますか?」

春日先生がわたしにそう訊ねた時、ためらうことなく頷いた。

わたしは卒業式の前日に誰にも知られずに家を出る。夜明けを待って始発電車に乗り、春日先生の親戚が経営している『ホープ・フーズ』という会社の寮を目指す。そういう計画を立てた。春日先生以外の先生たちは実奈子さんたち同様、わたしは高校を卒業した後は『のばらのいえ』の手伝いをするものと思っている。

いくら春日先生の頼みとはいえ、『ホープ・フーズ』という会社の社長さんがなぜ会ったこともないわたしを雇うと約束してくれたのかは、わたしにはわからない。嘘かもしれないと思う。なにかもっとひどいことが待ち受けている可能性もあると思う。

紘果にすらもくわしいことは話していない。ただ卒業式には出られないかもしれないがいいかと訊ねた時、紘果はなにもかも理解しているという顔で「いいよ」と頷いた。

「盛山さん。わたしがやろうとしていることは家出の幇助《ほうじょ》です。はっきり言って教師の領分を超えてるんです」

「ほんとうに、すみません」

「謝ってほしいわけじゃない。だからおたがいに誰にも知られずに実行して、成功させないといけない、という話なんです。午前零時になったら気づかれないように家を抜け出してきなさい。駅の駐車場で待っていますから」

それ以降、春日先生とわたしは学校の中でも外でも、いっさい話さなかった。誰にも知られ

6

2008年

ないように、ただそれだけを気遣って過ごした。完ぺきとは言い難い、ほころびだらけの計画だった。いつ嘘が露見してもおかしくなかったし、うまくいく可能性は高くなかったが、その今にも切れそうな糸に似た計画だけが、わたしが縋れる唯一のものだった。

　ごはんをつくりながら、掃除機をかけながら、散らばった酒の缶や瓶を片付けながら、あと何日、と心の中で数えた。わたしたちは、もうすぐ、自由になれる。

　紘果がわたしの部屋に来たのは、いよいよ今晩決行、という夜だった。枕を抱えて、恥ずかしそうに笑っている。

「子どもの頃みたいに、一緒に寝ない？」

　数時間後に一緒に家を出るというのに、そんなことを言った。

　シングルベッドにふたりで横たわると、肩が触れ合った。わたしは身体を横向きにして、枕に頬を押しつけたかっこうで紘果の顔を見ていた。カーテンの隙間から外灯の光が入って、紘果の額や鼻筋を浮かびあがらせる。

「ねえ、祐希」

「なに？」

　紘果の長い睫毛に縁取られたまぶたはかたく閉じたままだった。

「一緒には行けない。わたしはやっぱり、ここでいい」

「どういうこと？」

ちょっと、と揺さぶっても、紘果は目を開けない。

「だってうまくいくとは思えないんだもん。ひとりで行ってよ。ね？」

「なんで？　一緒にって、約束したのに」

「してない。祐希が勝手にひとりで盛り上がってただけでしょ。わたしを巻き込まないで、お願い」

元気でね、祐希。わたしに背を向けた紘果はやがて寝息を立てはじめ、わたしは身動きひとつできずに、ぼうぜんと枕に押しつけられた後頭部を見つめていた。頭がひどく混乱していたが、今さら中止するわけにはいかない。

時計の針が午前零時を指し、ゆっくりとベッドから抜け出した。いつかぜったいに迎えに来るから、と寝顔に向かって囁いた。足音を忍ばせ、階段を降りて廊下を進む。パジャマのうえになにも羽織らず、裸足のままだった。もし家の中で誰かに鉢合わせしたとしても、そのかっこうならなんとでも言い訳ができる。わたしの持ち物は下着にはさんだビニール袋入りの一万八千円、それだけだ。アルバイト代からすこしずつ手元に残しておいたお金だ。

保の部屋の前を通る時、低く唸るような声がした。なにか悪い夢を見て、うなされているのかもしれない。実奈子さんはいつものように酔いつぶれているだろう。志道さんが帰ってきた形跡はないから、外で誰かと会っているのかもしれない。

裸足のまま靴を履いて、音を立てないように静かに、静かにドアを開ける。学校に行く時いつも履いているローファーではなく、スニーカーを選んだ。履いていると足の小指あたりが痛

6

2008年

くなるという理由で、しばらく靴箱に入れていた靴だ。これなら玄関からなくなっていても、すぐには気づかれない。

駅に向かって走った。一度も振り返らなかった。指定された駐車場に行くと、春日先生の車があった。

運転席の窓を開けた春日先生と目が合ったとたん、涙があふれてきた。

「先生、紘果が」

紘果が、紘果が。そのあとはなかなか言葉にならなかった。行かないって。ここでいいって。わたしがひとりで盛り上がってただけだって。先生、としゃくりあげるわたしから目を逸らして、春日先生は「泣いてる暇はない。乗りなさい」と後部座席を指し示した。

「シートに横たわって、そこにある毛布をかぶってください」

春日先生の口調は教室で「教科書の五十三ページを開いてください」と言う時と同じで、それだけで気持ちがずいぶん落ち着いた。

「今から、病院に行きます」

「病院？」

「母が入院しているので。病院は市外にあります。ここから一時間ぐらいかかります」

春日先生の母は、「ホスピス」に入院しているという。「ホスピス」がなんなのかよくわからなかった。

「二十四時間面会が可能で」

だったら、特別な病院なのかもしれない。ホテルみたいにきれいな病院を想像してみる。特別にお金があって幸せな人だけが入院できる、特別な病院。

「夫に『母に呼び出された』と説明して家を出てきました。今日までのあいだに母が死ぬ可能性もあったのですが、そうするとこの計画は実行不可能でした」

わたしは毛布をかぶったまま、春日先生の話を聞いた。

「病院に到着したあと、あなたを新幹線に乗れる駅まで送ります。あなたはひとりで新幹線に乗る。始発まであと三時間ほどあります。そのあいだに着替えをして、それから髪を短く切りましょう」

「髪、ですか?」

病院に到着してから渡された着替えを見て、合点がいった。黒いダウンジャケットと太めのズボン、ごついデザインのスニーカーに黒いキャップ。「これで首周りを隠して」と追加で渡されたマフラー。先生はわたしを男装させようというのだった。駅の監視カメラにうつっても、すぐにはわたしだとわからないように。

春日先生が後部座席に移動してきて、わたしにケープを着せた。ワイヤー入りで、髪の毛が下に落ちないようになっている専用のケープだ。

「いつも娘の髪をこれで切っています」

春日先生がおさない娘の髪を切っている光景を思い浮かべた。春日先生が産んだ小さな女の子はきっと、いっぱしの口調で「かわいくしてね」とかなんとか、言うのだろう。春日先生は

6

2008年

小さな後頭部を見つめて娘の成長を喜ぶ。娘の手にはお気に入りのおもちゃが握られている。涙が出そうなほどまばゆく美しい光景だった。

髪を切り落とすはさみの音だけが、車内に満ちた。

「どうですか」

渡された手鏡にうつるわたしはほんとうに男のようだった。暗かったし、泣いてまぶたがはれていたし、よりいっそう別人に見えた。

先生が「五万円と、新幹線のチケットが入ってます」と封筒を差し出す。封筒には『ホープ・フーズ』への地図も入っているという。春日先生は「こっちはいらないですよね」と呟きながらチケットを一枚抜き取った。

「いつかちゃんと返します」

「返さなくていいです」

先生、と呼びかけようとしたが、熱いかたまりのようなものが喉をせりあがってきて、うまく声が出せなかった。

「どうして、どうしてここまでしてくれるんですか？」

車を発進させた春日先生は、なにも答えてくれなかった。返事をあきらめた時、先生が「もし」と呟いた。何度も言いかけてやめ、ようやく発された「もし」だとわかった。

「もし、わたしの娘が将来なんらかの理由でわたしたちと離れ、ひとりで生きていかなければならないとしたら、その時は誰かに頼ってほしい」

あなたはわたしにはなにも返さなくていい、と春日先生は運転しながら、前を向いたまま話し続けた。

「あなたはこのまま逃げ延びて、いつか余裕ができた時に誰かに手を貸す。その誰かがまた誰かに手を貸す。そしてもし将来わたしの娘がなにか困った時、どこかで誰かが彼女を助けてくれるはず。わたしはそういう世界を信じる。理想論ですか?」

「そうですね。理想論だと思います」

助けてもらっているくせに、わたしは春日先生に反発した。間違っている。世界はそんなに美しくない。

「でもわたしは、自分がその世界の一端を担う人間になれると信じたいんですよ」

車を降りる時、先生は「盛山さん、生きてください」とだけ、言った。「さようなら」も「気をつけて」もなしだった。

「生きていてください、お願い」

「……ありがとうございました」

わたしのほうは一度だけそう言うので精いっぱいだった。何度言っても足りないとわかっていたからこそ、一度しか言えなかった。先生の車が走り去ったあと、わたしはしばらくその場に立ち尽くしていたが、やがて覚悟を決めると大きく息を吐いて改札に向かった。

ひとりで新幹線に乗るのははじめてだった。棚に荷物を置こうとしているおじいさんがいて、それを手伝った。

6

2008年

「ありがとな、兄ちゃん」

　おじいさんはそう言って、ガムをひとつ、わたしの手のひらに落としてくれた。

　新幹線を降りたら、空はうっすら曇っていた。春日先生の親戚の工場の寮には話がついているということだったが、さすがにこんな時間に訪ねていくのは気が引けた。空腹でもあった。とりあえず目についたファストフード店に入って、時間をつぶすことにした。このチェーン店には一度だけ、放課後に英輔たちと立ち寄ったことがあった。その時見たメニューとまったく違う。まごついているわたしに、店員さんが気遣うように「この時間はモーニングサービスのみになっております」と声をかけてくれた。

「え、どうしよう」

　ごく小さな声で言ったつもりだったが、店員さんには聞こえていたらしい。

「こちらのパンケーキセットがおすすめです」

　じゃあそれを、と言いかけたわたしに、店員さんは「ですが、どれでも、お好きなものを」と微笑みかけてくれる。

　どれでも好きなものを。わたしはその言葉に託した。朝食ではなく、自分のこれからの日々を。渡されたトレイを手に壁際の席についた。パンケーキの容器を開いたら湯気が上がる。プラスチックのナイフとフォークで切り分け、おそるおそる口に運んだら、おもわず「おいしい」と声が漏れる。隣のテーブルで携帯電話をいじっていた女が怪訝な顔でこっちを見ていた。パンケーキの縁は湯気で濡れており、添えられていたシロップはやたらと甘く、紙コップの底が見えるほどコーヒーは薄くて、それなのに今まで食べたどの朝食よりおいしい。

これからは何度でも、どこででも、こんなふうにひとりで食事ができる。震えるほどの孤独と幸福が、全身を満たした。

7
2018年

「じゃあ、はじめようか」

なにごとかを決意したように大きく息を吐いて、志道さんがドアノブに手をかける。わたしが手はじめに実奈子さんの部屋のドアにかかっている陶器のプレートを外すと、全長八センチほどの穴が現れた。保がパニックを起こして頭を打ちつけた時に、開いてしまったものだ。すこし悩んでから、プレートをもとに戻す。

「なにしろ、ものが多くて」

部屋を見た瞬間、これは大仕事だな、と知る。床が見えないほどものが散乱していた。

「実奈子さんはお風呂で溺れて死んだんだって、人から聞いた」

散らかった部屋で、しばし見つめ合う。先に逸らしたのは、志道さんのほうだった。

「そうだよ」

紘果はいない。今朝、突然「病院に行ってくる」と言い出した。長いこと、紘果は頭痛を志道さんから与えられた頭痛薬でごまかしてきたようだ。志道さんは頭痛は病院に行っても治らないんだと言い、わたしはそんなわけない、と言い返し、とうとう志道さんが「隣町の診療所は女性の医師だからそこに行くのなら」と折れた。医師であっても自分以外の男には紘果に触れさせたくないらしい。

土曜の診察は十二時までらしいから間に合うように行けよ、お金は持っているか、としつこく言葉を重ね、さらにはついていこうとする素振りまで見せた。紘果がめずらしく「ひとりで行ける」と強い口調で言いはって、志道さんはしぶしぶ残った。それからずっと不機嫌なままだ。舌打ちしたりドアを乱暴に閉めたり、見苦しい。

「まあ、遅かれ早かれ酒で死んだよ、実奈子は」

洋服はウォークインクローゼットのみならずハンガーラックからもはじきだされて、カーテンレールにまでかけられている。空気の抜けたバランスボール、ステッパーと呼ばれるダイエット器具。美顔器もあった。

まず窓を開ける。カーテンを開くと埃が舞い、鼻がむずがゆくなる。寝酒でもしていたのか、ベッドの脇には酒瓶が並んでいた。なにげなく段ボールを開けると、美容液やクリームらしきものがぎっしりつまっている。別の箱にはサプリメント。

「どうする?」

志道さんが途方に暮れたように腰に手を当てる。

「捨てよう。ぜんぶ」

7

2018年

「なにか形見とか、欲しいんじゃないのか？」

「わたしはいらない」

ひきだしがちゃんとしまっていないジュエリーケースがあり、中を覗いてみたが価値のあるものなのかどうか、わたしには判断がつかない。いちおう志道さんに差し出す。

「ぜんぶ紘果にあげれば。欲しいなら、だけど」

「遠慮するなよ」

「してない。ほんとうになにもいらない。欲しくない」

志道さんがかなしげに顔を覆う、例の仕草をする。ゴミ袋を握りしめるわたしの手は冗談みたいに震えていた。怯むな。空いているほうの手で、爪を立てる。痛みがわたしを奮い立たせる。怯むな、ぜったいに。

「志道さんは、なにかもらったの？　実奈子さんの形見」

志道さんの瞳がかすかに揺らいだ。俺は、と言いかけて軽く咳《せ》きこんだ。

「実奈子さんが死んだこと、どう思ってる？」

「悲しいよ」

そう訊かれたらこう答える、とあらかじめ決めていたように、するりとその言葉を口にする。

「俺とあいつは夫婦というより、同志だったんだから。残念だよ、こんなふうに別れることになるなんて」

ふいに胸が苦しくなり、呼吸を整えるのに苦労した。それは実奈子さんの不在がもたらした悲しみではなく、誰も本気で実奈子さんの死を悼《いた》んでいないという事実にたいする悲しみだった。誰からも惜しまれずに死んでしまうということ。わたしもまた、彼女の死を惜しんでいない。

実奈子さんが散らかし、溜めこみ、だいなしにしたものたちを拾ってはゴミ袋に放りこむ。すぐに袋がいっぱいになった。

「あいつ、昔からこんなにだらしなかったかな」

「そんなことない」

昔の実奈子さんはテーブルに花を飾っていた。頻繁にカーテンを洗っていた。オーブンでローストチキンやグラタンを焼いた。実奈子さんはどこで間違えたのだろう。わたしを育てると決めた時か。志道さんと結婚した時か。『のばらのいえ』をつくった時か。それとも志道さんの「あのこと」を知った時か。

こんなにたくさん化粧品や洋服やサプリメントを買いこんで、なにがしたかったのだろう。さびしかったの？　心の中で、実奈子さんに話しかける。すこしでも孤独は埋められた？

「そうだよな、そんなことはないよな」

志道さんはそれからしばらく、大学生の頃の彼女がどんなにかわいかったかという話をした。なにも知らなくて、子どもみたいに無邪気に笑って、今時こんなにすれてない子がいるのかって感動したよと笑っていた志道さんが急に顔をしかめた。なにか踏みつけたらしい。

「ボタンだ」

7

2018年

志道さんが金色のボタンを拾い上げる。大きさからしてジャケットかコートのボタンだろう。しつこく痛がってしゃがんでいる志道さんの背中は丸まっており、立っているわたしはそれを見下ろすかっこうになった。

滑稽。これまで志道さんにたいして一度も使ったことのない言葉が思い浮かんだ。ずっと志道さんのことがこわかった。でも目の前にいるのは、ボタンを踏んだだけでいつまでもダンゴムシみたいに丸まっているただの滑稽な中年男性でしかない。

「絆創膏《ばんそうこう》、取ってきてくれないか」

「自分の痛みには敏感なんだね」

志道さんは動こうとしないわたしに舌打ちし、部屋を出ていった。新たなゴミ袋を広げようとして、手をとめる。志道さんが大きな声を出したのが聞こえたからだ。甲高い未来の笑い声も。

廊下に顔を出して居間を覗くと、志道さんが未来につめよっているのが見えた。志道さんは未来の腕を摑んでいた。「痛いんですけど」と顔をしかめる未来の手にはあの、銀行名入りの封筒が握られていた。

「離してくれない？　腕折れちゃう」

ほんとに折ってやろうか、と志道さんが低く言ったが未来はまったく動じていない。

「言っとくけど、これは紘果さんがいつもわたしのために置いといてくれるお金なんだからね」

ようやく志道さんから逃れ、未来はすばやくわたしの背後に移動し、わたしは庇《かば》うように後ろ手を伸ばしながら「どういうこと？」と振り返った。

「どういうこともなにも。慰謝料に決まってる」

未来は両手を腰に当てて、志道さんを顎でしゃくる。

「祐希さんも知ってるんでしょ。こいつが、昔なにをしたか」

ああ、と声が漏れた。この子もそうだったのか、と思ったらくずおれそうになり、懸命にその場に踏ん張った。

「わたしの写真で稼いだお金なんだから、わたしがもらうべきなんだよ。そのためにここに戻って来たんだもん。でもこの人最初わたしのこと追い返そうとしたんだよ。信じられる？　信じらんないよね。自分のやったことの意味がわかってないみたい」

鏡台のひきだしにはいつもお金が入っている、と未来に教えたのは、紘果だという。志道さんから渡される生活費だと。未来が「わたしお金ないんだよね」と話した時に、紘果はひとりごとのようにそのお金の話をしはじめ、そのあと十数分以上も席を外した。

志道さんがよろよろとダイニングテーブルの椅子に腰をおろす。片手で顔を覆い、「出ていけよ」と呻いた。

「あんたがそれ言う？　ねえ、わたしはいつでもあんたのしたことをばらせるんだよ」

志道さんの肩が震える。笑っているんだ、とすこし遅れて気づいた。

「俺がそんなことをしたなんていう証拠はない」

7

2018年

「わたし自身がその証拠でしょ。他にも証言してくれる子はきっとたくさん……」

「誰が信じるんだよ」

お前らの言うことなんか、と志道さんが肩を揺らす。

「俺の言うこととお前らの言うこと、世間はどっちを信じるだろうな」

未来の喉がひくっと鳴って、それから奇妙なほどに静かになった。誰も、なにも言わなかった。

「ま、いいわ。わたしもそろそろ、限界だったし」

床に置いたリュックを担ぎ上げる未来の手が震えている。

「そういえば、あんた紘果さんの写真だけはぜったい撮らなかったんだってね。子どもの写真買いに変態の男らが家に来る時、ぜったい会わせないように隠してたって聞いたことある。よっぽどお気に入りだったんだね」

気持ち悪、と吐き捨て、未来は志道さんに背を向ける。

「じゃあね、祐希さん」

「どこにいくの」

「わたしはどこにだって行けるんだよ、ほんとうはね。ねえ、このあいだは見て見ぬふりしてくれてありがとうね。結局ばれちゃったけどさ」

靴を履いて出ていく未来に、なにも言えない。なにも言う資格がない。やっとのことで「待って」と引きとめたものの、歯の根が合わず、その後の言葉は声にならなかった。未来はわたしをじっと見つめる。

「祐希さんは悪くないってわかってるよ。もちろん紘果さんもね」

でもね、と未来は目を伏せた。

「ほんとうに知らなかったの？　知らずに済んでたんなら、どうして？　ねえ、わたしたちとあんたたちとはなにが違ったの？　なんでわたしたちだけ、ねえ、なんで」

言葉につまった未来は肩で息をしていたが、やがて背を向け、靴をつっかけて飛び出していく。わたしは居間に戻る。床を踏む足の感覚がなかった。

「知ってたのか、ぜんぶ」

志道さんがきびしい目をわたしに向ける。

「さあ」

ばん、という大きな音が居間に響き渡る。志道さんがテーブルを叩いたのだ。驚きはしたが、ふしぎと恐怖はなかった。頭の芯が冷えて、冴え冴えとしている。

「俺の金だぞ。俺が稼いできた金だ。それが盗まれるのを指くわえて見てたっていうのか」

「言ってたでしょう、それは、紘果が」

「紘果は馬鹿なんだ」

紘果の名を呼ぶ時だけ、志道さんの声がじっとり濡れていた。「馬鹿」の発音にもみょうな慈しみのようなものがこもっている。

「志道さん……志道さんはいったい、自分のしてきたことをいったいどう思ってるの？」

7
2018年

「俺がしてきたこと？」

　はっ、と大きく肩を揺すって笑い出す。

「行き場がなくてなんにもできない哀れな女子《おんなこ》どもに、家と食べものときれいな洋服を与えたことか？　仕事を紹介してやったことか？」

　かっと頬が熱くなって、咄嗟に言葉が出なくなる。写真、と言おうとして声が震えた。

「写真のことだって、わかってるはずだけど」

　志道さんの顔がくしゃりと歪む。

「言っとくけど俺自身はガキに興奮するような変態とは違う」

「そんなことはどうでもいい。志道さんがここにいた子どもたちに加害をした、その事実は変わらないから」

「なにが加害だ。そういう写真を欲しがる人間は、いっぱいいるんだよ。それのなにが悪い。俺は違うよ。わかるよ、ガキ相手に興奮するなんて気色悪いよな、でも誰が誰に欲情しようが自由だってこともよく知ってるよ。人それぞれだ」

「人それぞれで済む話？」

「お前も顔も知らない誰かに寄付されたランドセルを背負って学校に行ったろ。なあ、お前は、かわいそうなガキに寄付するやつの気持ちがわかるか？　みんな気持ちよくなりたいからだよ。かわいそうな人間に親切にするのは、かわいそうかわいそうって涙を流すのは、気持ちのいいことなんだ。それとガキに興奮するのとどこがどう違う？　変わらないよ。どっちも消費だ」

「だとしても、今はその話はしてない。論点をすりかえないで」

論点、と志道さんが繰り返す。正確には「ろぉんてぇん」と聞こえた。

「馬鹿が無理して難しい言葉使うと、かえって頭が悪そうに見えるぞ」

志道さんがわたしに向ける「馬鹿」は、紘果に対するそれとはまったく違っている。

「だいいち、たいした写真じゃない」

べつに裸ってわけでもなし、と志道さんは笑う。だから罪に問われないと、そう言いたいのか。

「だからなに？　服着てる写真だからべつにいいって？　自分が写ってる写真を、自分の知らないところで売り買いされてたら、もうそれだけで気持ち悪いよ」

「感情的になるな。落ちつけ」

「それに志道さんは紘果の写真を一回も売らなかったんでしょ。覚えてるよ。秋月たちが来る時は紘果を部屋から出すなって言ってた。それは自分がしてることの意味をちゃんとわかってたからなんじゃないの」

それは、と志道さんがぐっと目を細める。

「紘果はそんなことをする必要がないからだよ。あの子は他のガキとは違うんだ。馬鹿なガキはせいぜい大人を気分よくさせるぐらいしか存在価値がない。そんなやつらと紘果を一緒にするな。でも、被害者面してるお前の写真だって、俺は一度も撮ったことがないんだけどな。なあ、気づいてたか？」

7

2018年

　志道さんがじっとわたしを見つめる。わたしが見返すと、志道さんがこらえきれなくなったように「ははははっ」と大きな、いつもよりすこし高い笑い声を上げる。志道さんが呼吸を整えてふたたび喋り出すまで、わたしは静かに待っていた。

「お前の写真を欲しがるやつがひとりもいなかったからだよ。お前はちっともかわいくなかったから……顔だけじゃなくて性格もそう、それ！　その目つきだよ。その目が人を萎《な》えさせてしまうんだ。他人を気持ちよくさせないし、欲情もさせない。お前はほんとうに不憫《ふびん》な子だったよ。誰にも愛されてなくて」

　もしかして挑発しているつもりなのだろうか。志道さんは唇の端を持ち上げたが、わたしと目が合うなり、不満げに顔をしかめて笑いをひっこめた。

「そんなものが愛なら、わたしはあなたたちに愛されなくてほんとうによかった」

「負け惜しみはみっともないから、もう黙りなさい」

「あの頃、保がこわかったし、憎かった。こいつさえいなければって思ったことだってある。保の世話が負担だった。そんなことを、わたしに思わせちゃいけなかった。大人は子どもに子どもの世話をさせたり、子どもに子どもを憎ませちゃいけない。どっちも被害者だった。適切なケアを受けられなかった保と、背負わなくてもいいものを背負わされたわたしは」

「黙りなさい」

　椅子を蹴って立ち上がった志道さんの手が、わたしの首にかけられる。

「実奈子からなにを受け取ったか知らないけど、いい加減にしろよ調子乗りすぎなんだよお前、なあ、いくら俺でも怒るよ?」

なぜここで実奈子さんの名が出てくるのか。「知らない」と言いたいが、指が食い込み、息ができない。志道さんの目が赤かった。血走っているなんてものではなく、ふくらんだ白目の部分が真っ赤に染まっていた。ふいに志道さんがわたしから手を離す。

志道さんの額に赤い筋が走った、と思ったら、あとからあとから血が流れ出してきた。志道さんがゆっくりと振り返る。わたしも呼吸を整えながら、志道さんの後ろを覗きこんだ。ゴルフクラブを握った紘果が、全身を震わせて立ち尽くしている。いつのまに病院から戻っていたのだろう。志道さんへの怒りでいっぱいで、物音に気づかなかった。

「紘果、なんでそんなもの持ってるんだ」

ほらこっちに渡せ、と志道さんが言い終えるよりはやく、紘果はゴルフクラブを振り上げ、思うさま志道さんの、今度は腕のあたりを強く打った。鈍い音とともに志道さんの身体が大きくよろけて、ダイニングテーブルにぶつかる。

紘果がまたゴルフクラブを振り上げたから、抱きかかえるようにして止めた。

「紘果、やめて。死んじゃうから」

志道さんが額に手をやると、手のひらが赤く染まった。その手が紘果をつかまえようと伸びた時、わたしは身体ごと紘果にぶつかって居間を飛び出した。

もつれあうようにして玄関まで移動する。志道さんの苦し気な呻き声が追ってくる。靴をつっかけ、外に飛び出す。逃げなきゃ。わたしは紘果にそう言ったが、どこへ逃げればいいのか

7

2018年

見当もつかない。飲みこんでも飲みこんでも生唾が湧き、わたしは自分が吐きそうになっているのを知った。

すれ違う人が皆、ぎょっとしたように紘果を見ていることに気づくまでしばらくかかった。青い顔をした女がゴルフクラブを握りしめているのだ、どう考えてもまずい。どうしよう。どこに行けばいいんだろう。

最初にしたのは、救急車を呼ぶことだった。もしさっきので志道さんが死にでもしたら、紘果は人殺しになってしまう。つぎはどうする。考えろ。

頼れる相手は、ひとりしかいなかった。英輔はしかし、電話に出ない。たぶん仕事中なのだろう。紘果の手に血がついていることに気づいて、駅のトイレに押しこむようにして入らせる。幸いなことに、中は無人だった。手を洗って、と紘果に向かって叫び、わたしは個室に駆けこんで、便器に嘔吐《おうと》した。

「あれぐらいじゃ死なない」

血を洗い流しながら、紘果が鏡越しにわたしに向かって声を張り上げた。近づいていくと、水しぶきがわたしの服に飛んだ。

「十年前に見たから、知ってる」

「なんの話？」

「志道さんが、お兄ちゃんを殴ったの」

「ねえ、だから、なんの話？」

「十年間ずっと、こうしたいと思ってた」

ようやく手を洗い終えた紘果が、静かに言う。どういうこと、と問い返すわたしの声は、馬鹿みたいに震えていた。

7

2018年

紘果

十年前のあの夜、祐希が家を抜け出すのを窓から見送った後、わたしはこっそりと自分の部屋に戻り、そして朝まで眠った。とても静かな気持ちだった。やるべきことをやりとげたのだから。

翌朝、志道が戻ってきて祐希の不在に気づいた時、『のばらのいえ』は大騒ぎになった。

保が暴れ出した時、最初は祐希がいなくなったことにショックを受けているんだと思った。だけど、違った。保がテーブルの上のものをなぎ払い、椅子を蹴り、壁を殴ったのは、志道の「連れ戻そう」という言葉がきっかけだった。祐希は甘ったれだ、自分がどんなに庇護《ひご》されているか存在かわかっていないんだ、俺はあの子が心配だ、という志道の言葉がすべて終わらないうちに、保は暴れ出した。志道は激昂し、ゴルフクラブで保を二度殴った。

保は祐希を信じていた。祐希だけを信じていた。おかしな子。凶暴な子。まともじゃない子。ずっとそんなふうに言われてきた保に、祐希だけが手を伸ばした。

保は妹であるわたしすら拒み、祐希だけに頼った。それをいいことに、わたしも祐希に頼りきりになった。

はじめて会った日から、心配そうに鼻血を拭いてくれたあの日から、祐希はわたしの世界だった。光だった。闇でもあった。空であり海であり、星であり花でもあった。祐希はわたしの知るすべてのすばらしいものと同じ存在だった。『のばらのいえ』なんかにとじこめられているべき人間ではなかった。こんな場所を飛び出して、もっと自由に生きていくべきだった。

お兄ちゃんはあの子を、あの子の未来を、守ろうとしたんだよね。床にうずくまっている保に、心の中で話しかけていた。保とは一度も通じ合えなかった。でもあの瞬間だけは違った。

わたしの隣ではゴルフクラブを握ったままの志道が肩で息をしていて、実奈子さんがギャアギャアと泣き喚いていた。なんでこんなことに、なんでこんなことに。うるさいんだよ、と志道が怒鳴って、ゴルフクラブを床に叩きつけた。

保はしばらく床でじっとしていたが、とつぜん起き上がるなり家を飛び出した。わたしは急いで後を追って、あの事故を目の当たりにした。保の身体が空中に舞い上がって地面に叩きつけられる光景は、なぜかスローモーションみたいに見えた。手が震えて、なかなか１１９を押せなかった。

病院に付き添ったのは志道とわたしだけだった。

「祐希のこと、もう放っておいて」

病院の長椅子で、わたしは志道にそう言った。ほんとうはわたし、あの子が大嫌いなの。いなくなってくれてせいせいした。必死の嘘だった。

「その頼みを聞いたら、お前は俺になにをしてくれる？」

7

2018年

答えるかわりに志道の手を取って、そのまま自分の頬に持っていった。拒まれない自信があった。

志道は、いつもわたしを特別扱いしてきた。六歳の頃からずっとだ。お前、お前のママにそっくりだな。そう言って頭を撫でる志道の手は、糸でもひいてるみたいに粘ついていた。

わたしの両親とは中学の同級生だったという。お前のママはきれいだった、びっくりするぐらいにきれいだった、でも俺はてんで相手にされなかったよ、とずっと後になって聞かされた。あんな女のどこがよかったのだろう。望んだ子どもじゃなかったわたしたちを放り出して、また新しい家庭をつくって子どもをつくって、飽きたらまた放り出すような女。愚かな女。

わたしの父親も同様に愚かだった。愚かな男と女がこの世に送り出した娘を、志道はただ外見がきれいだというだけで宝物のようにかわいがった。大きくなるにつれて母に似ていくわたしを見ているとまるで少年時代のやり直しをしているようで胸がときめいたと、初恋のやりなおしをしているようだったと、志道はのちに打ち明けた。でも、わたしが十八歳になるまで待とうと思ったとも。

「俺は秋月たちとは違う。子どもが好きなんじゃないよ、紘果が紘果だから大切で、大好きなんだよ」

『のばらのいえ』にやってくる男たち。寄付をするかわりに子どもの写真を求める男たち。俺はあんな変態とは違う、と言いたいのだ。彼らと親しくかかわりを持ちながら見下すことで、ちゃちなプライドだかなんだかを保っていた。

志道は、わたしにはなんでも話した。両親が兄ばかりかわいがって自分をないがしろにしたということ。勉強も運動もよくできたほうだが、それでも兄にはかなわなかったということ。でもひとつだけ兄に勝てることがあった。カメラだ。カメラに興味を持ったのは兄のほうが先だったけど、いつだって俺の撮った写真のほうがみんなから褒められたと志道は語った。

カメラで食べていきたかった。でもだめだった。俺に才能がなかったというわけじゃない、親父が細田建設に入って兄のサポートをしろと言ったからだ。俺のせいじゃない。あの家に生まれたから夢をあきらめるしかなかった。今の俺は変態どもを喜ばせるためにカメラを使っている。そんなことを話しながら、たまにわたしの膝に顔をうずめて泣いた。湿ったスカートが脚に張りつく不快な感触を覚えている。志道の心はいつだって誰かへの劣等感でいっぱいだ。びっしり生えた黴みたいな劣等感。

祐希がいなくなってからも、『のばらのいえ』にはさまざまな女が、子どもを連れてやってきた。わたしは彼女たちに近づいては、そっと忠告した。子どもが大事ならここから出ていって、と。本気にしない人もいた。志道のやっていることを知ってもなお留《とど》まろうとする人もいた。だけどすこしずつ『のばらのいえ』からは人が減っていって、三年前にようやく、ひとりもいなくなった。

あなた自身が子どもに興味がないことは知ってる、それでも写真を撮ったりするのには耐えられない、もうそんなことはしないでとお願いしたら、志道はびっくりするほどあっさりとわたしの願いを受け入れた。

7

2018年

なんだ、こんなに簡単なことだったんだ。誰もいない家の中でひっくり返って笑い続けて、それから、すこし泣いた。

カメラは物置にしまわれた。秋月たちとのつきあいは続いていたが、子どもがいなくなった『のばらのいえ』には、彼らはもう用はない。次第に訪ねて来ることもなくなった。

あとには志道とわたしと実奈子さんだけが残った。実奈子さんにはもう長いこと素面《しらふ》の時間がなかった。いつでもソファーに寝転がって、たまに起きている時はひっきりなしにスマートフォンを弄《いじ》っていた。家にはしょっちゅう宅配便が来た。実奈子さんがネットで買う化粧品やサプリメントが馬鹿みたいに届いた。買って、いったいどうするつもりだったのだろう。もうずっと前から実奈子さんは身なりに構わなくなっていたし、どうかするとお風呂にも入りたがらなかったのに。

志道は酔いつぶれて眠る実奈子さんのすぐそばでわたしを抱くのが好きだった。ばれないようにしないとな、と言いながら、実奈子さんがすべてを知る瞬間を切望しているようにも見えた。そのことについて、わたしが思うことはなにもない。だってわたしは「なかみ」を持たない。志道はそのことに満足していた。それこそが志道を満足させるものだった。そばに置いて愛《め》でるための人形に、自我は必要ない。

志道がわたしのベッドに入ってくる時には、いつも片手にピルケースをかたく握りしめている。ピルケースには志道から渡される頭痛薬が入っている。底には白い紙に包んだクローバーが忍ばせてある。子どもの頃に祐希と一緒に見つけた四つ葉のクローバーだ。今はもう干からびて、粉になってしまっている。

子どもの頃、クローバーを探すのは保のためだと言った。あれは嘘だった。ほんとうはいつも祐希との未来を願っていた。ずっとずっと、一緒にいられますように。

だけど祐希はわたしと一緒にいると幸せになれないと気づいてからは、祐希が幸せになれますように、と願うようになった。そのためだったら二度と会えなくてもかまわない。「なかみ」を持たないわたしは祐希の足手まといになる。邪魔をするぐらいなら離れて生きるほうがましだ。

それなのに、祐希は戻ってきた。

会わなかった十年のあいだに、祐希は美しくなっていた。化粧っけのない、洗いざらしの服を着た祐希を美しいと表現する人はあまりいないかもしれない。でも祐希には「なかみ」がある。意志。責任。なんと呼ぶか知らないけど、それを持つ者にしかない、きびしくさびしい美しさがたしかにある。

美しい者は『のばらのいえ』にいてはいけない。

病院に行くと嘘をついて外に出た時、わたしには自分がやるべきことが、はっきりわかっていた。

わたしが今、やるべきこと。

もっと愛されたい。ずっとそう思っていた。わたしは志道に愛されなければならなかった。二度と被害に遭う子どもが出ないように、祐希を祐希の望む場所に行かせるために、そしていつか志道を殺すために、わたしは志道の関心を自分に向けさせ続けなければならなかった。愛させ、気を許させ、なにもできない女だと侮ってもらわなければならなかった。

それでも、なかなか実行には移せなかった。考えただけで手が震えてしまうから。志道を殺す。空想でなら何度も殺した。それなのに、いざとなると足がすくむ。

家の中に入った時、最初に目に入ったのは志道の背中だった。志道は祐希の首に手をかけていた。なにがおこったのかわからなくてしばらく立ち尽くしてしまったけど、すぐに今だ、と思い直した。いつか、と思い続けた瞬間が来ていた。今やらなければならない。

玄関に置かれたバッグからゴルフクラブを抜き取る手が震えた。

できるの？

わたしに、できるの？

できないことばかり数えないで。頭の中で、祐希の声がした。もう一度その言葉が繰り返された時には、それはもうすっかり、自分自身の声になっていた。

7

2018年

8

2017年

赤と緑と金色の装飾にあふれた街を歩く。『のばらのいえ』を出てから何度目のクリスマスだろう。

『ホープ・フーズ』に入ってからしばらく、先代の社長は毎年クリスマスに板チョコレートをくれた。赤い包装紙にくるまれた板チョコレートを、寮にいる全員にくれるのだ。小さい頃のきみ香さんの好物だったのだそうで、今でも見かけるとつい習慣で買ってしまうんだと恥ずかしそうに語った。ひとりの部屋で食べる板チョコレートは、『のばらのいえ』で食べたどんなケーキよりおいしかった。

『ホープ・フーズ』にはいろんな人がいた。わたしのように帰る家のない人もいた。あきらかにはされていないけれども前科がある人もいたし、二十年近く引きこもっていたという人もいた。事情を抱えた人を集めてるわけじゃないのに集まってきちゃうんだよ、と先代の社長が苦笑交じりに打ち明けてくれたことがある。

8 2017年

「盛山さんは、どうして家を出たかったのかな」

一度、そう訊かれたことがある。夏の暑い日の昼休みで、お互いタオルで汗をぬぐいながら中庭のベンチに座っていた。生きてください。春日先生の声が耳元で聞こえた。世界が、と答える声がすこし震えた。

「世界が生きるのに値する場所だと思いたかったから、ですかね」

社長は「世界ねえ」と微笑み、首筋を流れる汗を拭き続けた。

「盛山さん。はっきり言うけど、この世はクソだよ。あなたもぼくもその中でもがいてる。クソの種類が違うだけ」

そうですか、とわたしは言った。なるべく、感情をこめずに。

「それでも生きていくしかないんだろうね」

だって死ぬのってけっこう難しいから、と笑い声を上げて「ああ、ほんとうに暑いね」とシャツの襟元からタオルをさしいれた時、大きな傷跡が覗いた。鎖骨から斜めに切りつけたようなその傷に、わたしは気づかなかったふりをした。それがいつどのようにして負った傷だったのか、今もわからないままだ。

先代の社長が死んだ時、わたしの世界はかたちを変えた。めんどうな事情を抱えた未成年のわたしを受け入れて、働かせてくれた人。困ったことがあったらいつでも言いなさいと言ってくれた人。その人がいない世界は今までとなにも変わらないようで、確実に違っている。

『ホープ・フーズ』はきみ香さんに代替わりし、それと前後して社員やパートもずいぶん入れ替わった。最近は外国の人が増えた。昼は工場で、夜は飲食店で働く人が多い。わたしも週末は清掃のバイトをかけもちしている。女なんだから水商売でさくっと稼げるでしょ、と言う人もいたが、気の利いた話もできないわたしに接客業がつとまるとはとうてい思えなかった。入れ替わりは激しいけど、みんなたいていは親切だ。そうじゃない人もいるけど、それはその人の問題だ。

どこ出身なの、どうしてお盆や年末に実家に帰らないの、恋人はいないの。誰かに訊かれるたび、言える範囲で答える。街の名ではなく県名だけ答える。実家はないんです。ちょっといろいろあって。恋人はいません、できたらいいですね。言えないことについては嘘をつく。

クリスマスケーキを売るバイトを紹介してくれたのはきみ香さんだった。知り合いが経営している洋菓子店が、二日間だけ店の外でケーキを販売する、その手伝いをしてくれる人を探していると聞いて一も二もなく飛びついた。

きみ香さんは「がんばってる若者って応援したくなっちゃう」人で、よく家で焼いたパンや自家製のジャムを差し入れしてくれた。わたしだけじゃなく、他の従業員にも。でも森山さんにだけは、ぜったいに食べさせない。

足をひきずって歩く。サイズの合わない靴を履いているせいで、つま先が痛い。わたしが生まれ育った街では、めったに雪が降らなかった。でもここは違う。そんなに離れていないのに何センチも積もることもある。

最初の年に防寒用の靴を買ったほうがいいと言われたから、公園で開かれていたフリーマー

8

2017年

ケットで六百八十円のブーツを買った。サイズが合わないけど、がんばったら履けると思った。冬のあいだしか使えないものに千円以上のお金を使うのは厳しいと思ったからだ。

きみ香さんは「紹介しといてなんだけど、うちが休みの日にバイトしたら休みがぜんぜんなくなっちゃうでしょう、身体がもたないよ」「クリスマスだっていうのに、若い女の子が働いてばっかりで」と心配そうな顔をしていたが、わたしは休みよりお金がほしい。そう言ったら「じゃあバイト終わったら、家においで。ささやかなディナーをごちそうするから」と誘ってくれた。バイトは想像していたより大変だった。立ちっぱなしであること、外にずっといることはそんなに大変ではなかった。それよりも着せられていたサンタクロース風の衣装について、年配の男性のお客さんに「それスカートになってるの？　見せて」と覗きこまれたりするのが苦痛でたまらなかった。

疲れたし、ほんとうははやく寮の部屋に帰ってひとりになりたい。でもきみ香さんと約束してしまったし、一食浮くのはありがたい。ありがたいよなー、と呟いてみる。なるべく軽薄に聞こえるように。それなりに調子よく世の中を渡っているような気持ちになれるし、みじめにならずに済む。

十八歳から住み続けてきたあの寮はもうすぐなくなることが決まっている。建物が老朽化していることに加えて、人が入れ替わって入居者が減ったことが理由だという。維持費もバカにならないしね、ときみ香さんは肩をすくめていた。今後は家賃の補助はしてくれるそうだが、全額ではない。でも路頭に迷わせるようなことはしない、すくなくとも盛山さんだけはね、とかなんとか言っていた。わたしが「良かった。わたしだけは大丈夫なんだ」と胸をなでおろすだろうと思えるきみ香さんはいい人だ。いい人だ、と思うことにしている。先代の社長とは違うけど、親と子は別人なんだから、あたりまえだ。

ジュエリーショップの前を通り過ぎようとして、思わず足をとめた。いつだったか紘果が雑誌で見て「高いけどかわいい」と言っていたクローバーのネックレスによく似たものがウィンドウに飾られている。

十年間ずっと、無駄遣いはいっさいせずに一円でも多くお金を貯めようとしてきた。貯金にはほとんど手をつけることなく、今日まで過ごしてきた。

ガラスケースの前で見入っていると、店員が近づいてきた。値段を見ると、思っていたよりずっと高い。でも財布の中には二日分のバイト代が入っていて、買えないことはない。

「これ、包装してもらえますか」

もちろん、と店員が頷いた。紘果が受け取ってくれるとは限らない。捨てられてしまうかもしれない。それでも贈りたかった。

きみ香さんの家の庭は広い。人を招いてバーベキューをする、ということを家を建てる時から計画していたという。

「ささやかなディナー」はラザニアだった。皿ではなく脚つきのグラスに美しい緑と白と赤の層をつくるように盛りつけられた前菜も一緒についてきた。赤いのがスモークサーモンで、緑のはほうれんそうのムースよ、白いのはチーズ、そうそう、もちろん食後にはケーキもあるん

8

2017年

だからね、と説明してくれるきみ香さんの隣で、きみ香さんの夫が「張り切ってるなあ」と笑っていた。

テレビボードのうえには、たくさんの写真が飾られている。ほとんどが娘さんたちの写真だ。長女も次女もすでに社会人で、あまりこちらには帰ってこなくてつまらないという。ふたりはもう食事を済ませてしまったのだそうで、きみ香さんの夫はウイスキーを飲みながら、きみ香さんは皿を食器棚にしまいながら、わたしが食べるところをにこにこと眺めている。

「あのね、盛山さん」

わたしの正面の椅子に、きみ香さんが座る。お父さんの知り合いがやっている会社があってね、と言いながら、ちらりと傍らの夫を見た。

「寮母さんってわかる？　住み込みで、寮の子たちのごはんをつくったりする仕事。ちなみに寮に入っているのは全員女性なんだけど」

織維業の会社の寮だという。婦人服の縫製をおもにおこなっていたが、しばらくは海外の工場に押され気味で、仕事が年々減少していた。しかしここ数年は地元の織物を使った布小物などの製造の仕事を得て、順調だという。その会社で長年寮母をやっていた人が六十五歳になり、引退したがっているという。

「仕事内容からして若い人向けではないと思ってたんだけど、なかなかいい人が見つからなくて困ってるみたい。盛山さん、どう？　そこで働きながら、なにか勉強したっていいじゃない。資格をとるとか、そういう」

あなたは若いけれどもまじめだし、しっかりしているし、夏にバーベキューに来てくれた時にてきぱき片付けてくれたことが印象に残っている、なにより住むところと仕事がセットになっているのはあなたにとっても良いことなのではないか、ときみ香さんは言うのだった。

「あなたには頼れるような実家がないんでしょう？　いいの、わかってる。いつも話題を逸らすよね。なにも言わなくていい。無理して話してくれなくてもだいじょうぶ」

いたわるように言い添えるきみ香さんと目が合った。

「盛山さんなら自信もって、おすすめできる。もちろん、ほんとうはうちにずっといてほしいんだけど。ねえ、あなたには可能性があるの。それを忘れないで」

わたしはいろんな若い子を見てきた、ときみ香さんが胸を張る。

「でもこんなによく働くまじめな子にははじめて会った」

願ってもない話だ。ぜひ、と言おうとしたわたしの声は「それにひきかえ、あの子なんか」というきみ香さんの言葉に遮られた。きゅうに口調が尖る。いつもそうだ。きみ香さんの嫌いな「あの子」の話になると、いつも。

「あの子」とは森山さんのことだ。彼女が入ったあとから、社内で盗難が続いていた。最初は売掛金を集金してきたバッグから現金が抜かれ、次に従業員の財布がなくなった。

森山さんは地元では有名な「ガラの悪い地域の出身」で、父親は「窃盗だかなんだかの前科」があるし母親は「人に言えないようないかがわしい商売」をしていたらしいと、きみ香さんはほんとうに嫌そうな顔で語った。

8

2017年

「森山さんが盗ってるに決まってるのよ」

こら、と自分の夫にたしなめられても、きみ香さんは黙らない。

「育ちの悪さが顔に滲み出てるでしょう。わかるのよ、わたし、そういう子は。顔見たらわかるの」

その話の途中で、わたしはフォークを置いた。金属が陶器にあたる音は終了の合図のように聞こえた。すべての終わりを告げる音。上唇と下唇がくっついて、むりやり剝がしたら、ひりひりと痛んだ。

「わたしです」

え、ときみ香さんがわたしを見る。口が半開きになっていた。つけっぱなしになっていたテレビから、きれいな音楽が流れている。オルゴールのすこし物悲しい、やさしい旋律。

「お金を盗ったのはわたしです、ごめんなさい」

きみ香さんが手にしていたグラスの中で、からんと音を立てて氷が溶け落ち、わたしはその音に合わせて、深く頭を下げた。

9
2018年

　頭が痛い、横になりたい、と紘果がしきりに訴えるので、駅前のビジネスホテルに向かった。

「薬、飲むならちょっとでもなにか食べようか」

「飲まない」

　小さく、しかしきっぱりとした口調で紘果は言い、まもなく眠りに落ちた。わたしは紘果の傍らで、英輔にメッセージを送った。志道さんは病院に運ばれ、手当てを受けて戻っている。かなり荒れているらしく、まだ麻酔が効いている状態なのに酒を飲もうとしている、という返信があった。

「保のこと、話して」

目を覚ました紘果に、いちばんにそう訊ねた。

　十年前、朝になって『のばらのいえ』に帰ってきた志道さんは、わたしがいなくなったことを知るなり、連れに戻すと言い出した。

9

2018年

「心配だ、って言ってた。すぐに捜し出す、って。そしたらお兄ちゃんが暴れ出して」

志道さんはゴルフクラブで保を殴り、保は家を飛び出して、車にはねられた。軽い接触事故ではあったが、運ばれた病院で保護された。

暴れ出したから身を守るためにやった、正当防衛だ、と志道さんは説明したらしい。そんなふうにして死んだのか、と顔を覆うわたしの耳に「あれから一回も会えない」という紘果の言葉が飛びこんでくる。

「お兄ちゃんが入った施設の場所すら、わたしは知らない」

「施設？　なんのこと？」

嚙み合わない会話をしばらく続け、わたしは保が死んでいないことを知った。

思わず、その場にしゃがみこんだ。ベッドのふちを摑んで立ち上がろうとするが、うまく力が入らない。「そうだったの」と呟くわたしの声は、こんな時でなければ笑ってしまいそうなぐらい震えていた。

保が生きていた。考えてみると、志道さんは保は死んだとはひとことも言っていないのだった。思わせぶりに「お前のせいで、保はいなくなった」と言っただけだ。わたしが勝手に思いこんだということになるが、そうなるように誘導したのは志道さんだ。

「祐希のことも、聞かせて」

離れていた十年間を埋めるように、たくさんの話をした。わたしが春日先生に車の中で髪を切ってもらった話をすると、「わたしも髪、切りたい」と自分の長い髪を引っ張る。

「美容院に行く?」

「祐希に切ってほしい」

きっぱりと言い放つ。わたしが知っている紘果は、もうここにはいない。古い服を脱ぎ捨てたような紘果の新しい姿に、「わかった」と返す声が震えた。

ドラッグストアに向かった。はさみを選んでいると、紘果は染毛剤や化粧品をカゴに入れていく。その中にマッチが交じっていた。赤い薔薇の絵が描かれていて「この箱、かわいいでしょ?」と紘果が笑う。買ってどうするの、と言いながらわたしも笑い、でもそれを棚に戻すことはしなかった。

昔、春日先生に切ってもらった髪は、明るいところで見ると毛先ががたがただったなと思い出しておかしくなる。『ホープ・フーズ』の先代の社長は、はじめて顔を合わせるなり「きみ、美容院に行ったほうがいいな」と笑い出したほどだ。

紘果の髪を耳の下あたりで切りそろえ、紘果が選んだ赤い色に染めた。その髪型は紘果にとてもよく似合っている。

浴槽のふちに腰掛けさせ、髪を乾かしてやった。

「ねえ、実奈子さんは祐希になにを送ったの?」

鏡越しに目が合う。

「志道さんもそんなこと言ってたけど、なにも受け取ってない。いったいなんの話?」

紘果はしばらく下を向いて、短くなった髪をしきりにいじっていた。話さなくてもいいよ、

9

2018年

と声をかけると、首を横に振った。バスルームから部屋に戻った時、紘果が「話すよ。話さなきゃ」とあらたまった声を出した。わたしは頷き、お茶を淹れるためにポットで湯を沸かした。長い話になりそうだった。

「去年のクリスマスだった。実奈子さんがわたしたちの関係に気づいて、志道さんのことすごく責めた。志道さんは冷静だった。実奈子さんはわたしに摑みかかってきた。許せないって、泣いてた」

実奈子さんは「でもあんたもいつかは見捨てられるよ、わたしみたいに」と喚き散らした。実奈子さんが取り乱せば取り乱すほど、志道さんは落ち着きを増していくように見えた。腕組みをして実奈子さんをじっと観察しながら、どうすればいいか考えているように見えた。

「でもさ、いつか志道に飽きられても、あんたはどうにもならないね、かわいそうだね。だってなんにもできない馬鹿だもんねって言った」

泣き続ける実奈子さんの肩を抱き、志道さんは「みー、お前はなんでそんな女になっちゃったんだろうな。昔はかわいかったのに」とやさしく囁いたという。

それから志道さんは紘果を連れて、家を出た。そのまま、三日ほどホテルに泊まったという。もうそろそろ実奈子さんも落ちついただろうと『のばらのいえ』に戻ってみると、実奈子さんは浴室で死んでいた。

洗面台にメモがあった。紘果、わたしはぜったいにあなたを許さない、志道、わたしはあなたがしたことをすべて知っている、証拠もある、もう祐希に送った、というようなことが乱れた字で書かれていた。志道さんはそのメモを使い終えたティッシュみたいに丸めて捨てた。

「毎晩、寝ようとすると、実奈子さんの顔が浮かんでくる」

眠れないと訴えると、志道さんは紘果に薬を渡した。服用した晩は夢を見ずに眠れたが、起きるといつも頭が痛くなった。だからもう飲みたくないといつも思うのだが、ないと眠れない。日中はずっと頭がぼんやりしている。

ポケットに手を入れると、つめたいものに触れた。あの時紘果につき返された、クローバーのネックレスだ。紘果の首につけてやると、紘果はうつむいた。

「なんでこんなの送ってきたの?」

「高校生の頃、欲しがってたでしょ。だから」

「欲しくなかったよ」

「そうなの?」

「祐希が英輔ばっかり見てたから」

気を引きたくて、だから、と呟く紘果の頬や首筋や耳たぶが赤く染まっていく。

「よく似合うよ」

しばらく考えてからそう言うと、紘果は泣くのをがまんしているみたいに目をぎゅっとつぶる。

「わたしさえ志道のそばにいればだいじょうぶだと思ったから、十年間ずっと祐希を嫌いになったふりをしてた。でもだめだった」

9

2018年

そういうの、と言いかけて、わたしはしばらく黙った。呑みこんでも、呑みこんでも熱いかたまりがせりあがる。悲しみでも、怒りでもなかった。

「そういうの、もうやめて。自己犠牲なんて最悪だよ。二度としないで」

「実奈子さんは死んだ。わたしのせいで」

わたしのせいで、と繰り返す紘果に「紘果のせいじゃない」と伝えることは簡単だ。なのに、なかなか声が出ない。

「未来ちゃんだってそう。他の子だってそう。わたしたち、なんにもできなかった」

大きな事件や事故に巻きこまれ、生き残った者は死者にたいして罪の意識を抱く。わたしたちが抱えるものは、きっとそれに似ている。

長い時間をかけてようやく「そうだね」と口にすることができた。

「なにもできなかったね。でも、わたしたちがそうやって志道さんの罪を一緒に背負ってあげるのは違う。わたしたちにも責任があった、なんて言って、共犯者になろうとしないで」

「でも」

「実奈子さんもお酒に逃げずに志道さんを止めるべきだった。実奈子さんがわたしになにを送ったのか知らない。もしかしたら志道さんが子どもたちの写真を撮ってたことの証拠になるようなものかもしれない。だとしたら、その証拠をわたしに託した実奈子さんは、やっぱりずるい人だと思う。自分で判断しなかった、行動しなかった。とても卑怯《ひきょう》なことだよ。大人は子どもを守らなきゃいけない。でもあの人はそれを放棄した」

紘果の唇が色を失っている。ひどく具合が悪そうに、小刻みに震えている。

「ほら。横になって、休んで」

わたしはベッドのふちに腰かけて、スマートフォンの画面を見つめていた。

きみ香さんの連絡先はまだ消さずに残している。けれども彼女に連絡することはためらわれた。

紘果が寝息を立てはじめた。覚悟を決めて、スマートフォンを手にとる。

「おひさしぶりです」と言うと、電話の向こうでしばし沈黙があった。

「元気なの？」

「はい、きみ香さん」

盛山さん、という小さな声が聞こえる。わたしからの連絡を喜んでくれているようにも、迷惑がっているようにも聞こえる。

「前に話していた、寮母の仕事のことなんですが」

「もう他の人に決まっちゃったに決まってるでしょう、馬鹿なの？」

馬鹿なのね、ときみ香さんは声をつまらせる。

「そうですよね。わかってます。ただ」

ただ、謝りたくて、という声が震えた。

「嘘をついたことを、謝ります。わたしはお金を盗ってません。きみ香さんが当然のことみたいに森山さんのことを『育ちが悪い』って言ったのが、言えるのが、すごく嫌だった」

9

2018年

あなたのことじゃない、ときみ香さんが言いかけたのを、それは知ってます、と遮った。

「わたしだって人に誇れるような育ちかたをしてこなかった。でもお金を盗ったりしない。森山さんがお金を盗るのは、森山さん自身の問題です。でもきみ香さんは『育ちが悪い』って、その理由でぜんぶ説明できると思ってる。いっしょくたにする。『育ち』でくくって、決めつけて、そんなのってひどいと思った」

ほんとうに馬鹿ねと繰り返しながら、きみ香さんは泣いているみたいだった。

きみ香さんは「わたしもあなたに言わないといけないことが、ふたつある」と言った。

ひとつめは、わたしあての郵便物を預かっている、ということ。

「あなたが出ていったあとに寮に届いてね。そのまま預かってた」

差出人の名は書かれていないという。でも実奈子さんが送ったものに間違いないだろう。『ホープ・フーズ』を辞めてからも雇用保険の書類のやりとりをする必要があり、きみ香さんはわたしの新しい住所を知っていた。でもその郵便物を転送してやろうとは思わなかった、と恥ずかしそうに息を吐く。

「すごく意地悪な気持ちでいたんだと思う。わたし、あなたにたいして。あれだけかわいがってやったのに、裏切られたんだもの」

「その郵便物、開けてみてもらえないですか」

電話の向こうでごそごそと音がして「小さいカード。デジタルカメラに入ってるみたいな、あれ。スマートフォンに入ってるようなのより大きい……かな」と頼りない説明が続いた。

「手紙もなにもついていない」

どんなデータが入っているのか確認してくれと言うわけにはいかない。かならず取りにいくのでそのまま預かってほしいとお願いすると、きみ香さんはしばらく黙ってから「いいよ」と答えた。

「ふたつめはなんですか」

「今年になって、あなたを訪ねてきた人がいる。男の人よ、その人に住所を教えた。あなたの身内だって、その人、そう言ったのよ。ああ、また嘘をつかれていたんだって思ったのよ。実家はないなんて、あれは嘘だったのよね」

亡くなった先代の社長は春日先生からわたしの事情をすべて聞いていただろうに、それをきみ香さんには伝えなかったのだと思いながらスマートフォンを持ちかえる。死ぬまで秘密にしていてくれたのだ。ずっとスマートフォンを押し当てていた右耳が熱く、ひりひりと痛んだ。

「わたし、その時にますますあなたが嫌いになった」

そうですか、と答えて電話を切った。ベッドがかすかに揺れ、振り返ると紘果が上体を起こしてこちらを見ていた。

「お腹空いたかも」

「ごはん、食べよう」

適当に入った定食屋の、適当に選んだ定食を、紘果は長い時間をかけて、すべて食べ終えた。

「無理せず、残してよかったのに」

9

2018年

「いいの、食べたかったから」

太るぞって言われるかな、と紘果はわたしを見ずに、うすく笑いながら呟く。

「太ってもいいよ」

なにかを口に運ぶたびにかけられる呪いの言葉。もう二度と紘果の耳に入れさせない。

「紘果。ここを離れよう。『のばらのいえ』を出よう」

紘果の瞳がわずかに揺れる。

「どんな街でもいい。できれば住み込みで働けるところがいい、最初はね。そこでふたりで住もう。紘果にも働いてもらうことになる、でも、なんとかなるよ。十年ずっとそうしてきたから、知ってる」

紘果は長いあいだ、黙っていた。隣のテーブルの三人連れの客の話し声が大きくて、わたしはやきもきしながら彼らに視線を送る。定食ののった盆を運ぶ店員がわたしたちの脇を通り過ぎたあとで、紘果がようやく口を開く。

「わたしに、できるのかな」

泣きそうな声だった。

「できるよ」

ぜったいできる。わたしは隣のテーブルに負けないような大きな声で、二度その言葉を繰り返した。

俺にできることはないのか、と英輔が隣で言った。

「ないよ」

わたしたちは『のばらのいえ』の正面に立っている。風が吹いた。烏《からす》が鳴いた。わたしは『のばらのいえ』から目を離さない。

「なにも手伝わせてくれないのか」

「英輔には、他にやることがあるでしょ」

そうよ、と紘果が呟く。英輔のほうは見ようとしなかった。

「これは、わたしと祐希ふたりでかたをつけることなの。英輔は、割りこまないで」

お前らのあいだに割りこめたことなんか一回もないよ、と英輔は笑った。あるいは泣いた。

「もう行って」とわたしが言うなり背を向けたから、どちらだったのかわからない。

去っていく英輔を見送ってから、玄関のドアを開けた。

志道さんは、居間にいた。かつてたくさんの母子が集った場所に、ひとりきりで座っていた。テーブルに肘をついて、お酒を飲んでいた。わたしたちが入っていっても、志道さんは反応しなかった。頭に巻かれた包帯の端が茶色く汚れている。志道さんは黙ったまま紘果を見つめた。その視線は短く切り赤く染めた髪の上に長いあいだ留まり、紘果は怯んだように立ち尽くしてしまった。

「荷物、まとめておいで」

声をかけると、紘果は弾かれたようにわたしを見る。

9

2018年

「紘果、大丈夫か？」

その声は深いいたわりに満ちていて、わたしですら戸惑った。紘果は足元を見つめ、しばらく言葉を探しているようだったが、なにかをふりきるようにいきおいよく背を向け、自分の寝室ではなく二階に駆け上がっていった。

「なにか言うことがあるんじゃないのか」

志道さんがわたしを見た。ほんの数日のうちに、ずいぶん老けこんだ。髪が乱れ、ひげもあたっていない。

「お前は、ほんとうにだめだな。悪いことをしたら『ごめんなさい』だろう」

ありがとうとごめんなさいが言えないやつはなにをやってもだめなんだよと言う志道さんの口調はなにかに似ている。ああ、そうだ。「父親」だ。ホームドラマの父親。愚かな娘を静かに諭す、思慮深い父親。

「紘果は連れていくから」

志道さんは答えない。包帯に手をやって、深く息を吐いた。

「今後一切、わたしたちには関わらないでほしい」

階段を駆け下りる音がして、紘果が飛びこんできた。テーブルの上でばさばさと封筒をひっくりかえす。子どもたちの写真が落ちてきて、小山をつくった。わたしが見つけたものなのか、それとも別のものなのか、よくわからなかった。

紘果がマッチを擦る。ドラッグストアで買った、あのマッチ。赤い薔薇が描かれた、紘果を

「かわいいでしょ?」と喜ばせたマッチは勢いよく炎を発し、写真のふちを焦がした。

写真の小さな女の子が笑いながら、でもどこか不安そうにこちらを見ている。

火をつけられた写真から細い煙がたちのぼる。テーブルの上からはらりと落ちた一枚が、絨毯《じゅうたん》の上でぶすぶすと音を立てはじめた。志道さんはそれを無表情で見下ろしている。

「志道さん。わたし、ここから出ていく」

紘果の声は細かったが、口調はきっぱりとしていた。

「出て、どうするんだ?」

焦げた絨毯から嫌な臭いが漂いはじめ、わたしは一歩後ずさった。紘果の手を強く摑むと、紘果も同じぐらいの力で握り返してきた。

志道さんの様子からは焦りも怒りも憎しみも伝わってこなかった。「俺は心配なんだよ」という声に、すこしの偽りも滲んでいない。そのことこそが、もっともわたしを怯えさせる。まじりけのない愛情は、その純粋さゆえに、他の一切を寄せつけない。たとえばそう、愛される側の意思とか。

「ここを出てどうするつもりなんだ。『のばらのいえ』を出たやつらがどんなふうになるか知ってるか。悲惨なもんだよ。仕事や家を見つけてやって、日の当たる場所においてやってもすぐまたもとに戻ってしまう。金はない、頼れる家族もいない、なんにも持ってない。ぜったいに幸せになんかなれっこないのに、どうしてそれがわからないんだ。ここにいたら俺がずっとお前たちを守ってやれる。どうしてそんなに必死になって幸せから遠ざかろうとするんだ」

『のばらのいえ』によって傷つけられた子どもたちは今も消えることのない記憶を抱え、痛みを抱えて生きているのかもしれない。

復讐は復讐で、幸せは幸せ。未来はそう言った。ならば痛みは痛みだ。幸せとはまったく別のもの。痛みを抱えたまま幸せを手に入れることも可能なはずだ。

「自分を、なんだと思ってるの？　あなたにはわたしたちを幸せにする力はないし、不幸にする力もない」

うぬぼれるな。いつまでも自分が強者の側にいると思いこんでいるのなら、とんだ勘違いだ。わたしたちをいつまでも傷つけられて泣いているだけのか弱い存在だと侮っているならそれは大間違いだ。

あなたからは、もうなにひとつ受け取らない。わたしたちからは、もうなにひとつ奪えない。

絨毯からのぼる煙は、黒く太いものに変わりつつあった。このままでは火事になると思ったが、誰も身じろぎすることなくそれを見ている。

「行こう、祐希」

紘果がわたしの手を強く引いた。居間を出る瞬間、一度だけ振り返った。最後に見た志道さんの顔は、笑っているように見えた。

10

2023年

To：Ehosoda

英輔、メールありがとう。取り壊しの件、了解です。
こっちでの暮らしもだいぶ落ちつきました。
しあわせに、と書いてくれましたね。
わたしたちは今、

そこまで入力してから、手を止めた。家を出ようと思っていた時間を二分ほど過ぎていて、急いで帽子をかぶり、鞄を摑んで部屋を出た。

保がいる施設は、小高い丘の上にある。はじめて施設の住所を見た時はずいぶんはずれのほうにあるように感じたが、実際には今わたしたちが住んでいる街とは数駅しか離れておらず、

10

2023年

乗り換えなしで会いに行ける。火曜日はレクレーションの日だと聞いていたが、保はいつも参加するわけではない。話ができないなら、できないでもよかった。レクレーションに興じる保を遠くから見て帰ったっていい。

保は、施設の庭にいた。昔は家の前を歩く人の話し声などに反応して部屋に閉じこもっていたが、ここは静かだから過ごしやすいらしい。昔よりすこし日に焼けて、頬に肉がついた。

最初にここを訪れた時、保はわたしのことを覚えていないように見えた。ベンチの隣に座っても、なんの反応も示さなかったから。でも保についていた職員の男性が後で「いつもは隣に知らない人が座ると嫌がるんです」と教えてくれた。

「だから、ちゃんとわかってるんじゃないでしょうか」

保の内側に広がる世界を、わたしは知らない。保は夜中に悲鳴を上げる時があるという。以前よりずっとおだやかな様子に見えるが、しょせんはわたしの願望に過ぎないのかもしれない。信頼と期待と理解のあいだには、あいまいな境界線しか引かれてない。

並んでベンチに腰をおろしたが、保はすぐに立ち上がった。木の陰に消えたと思ったら、すぐに戻ってきた。「はい」と手を差し出す。広げたわたしの手のひらに、どんぐりがみっつ落ちてきた。

「ありがとう」

ハンカチに包んで、ポケットにしまった。あとで紘果に見せてあげよう。

「じゃあ、わたしからも、はい。どうぞ」

絹糸で編んだ小さな錨のチャームを、保に差し出す。錨のモチーフの意味は「安定」と「希望」だという。

「お守りなの。だから持ってて」

保は錨のチャームとわたしを交互に見てから、すこし離れた場所で見守るように立っている職員の男性に視線を送り、彼が頷くのを見て、ようやく手を差しだした。

髪を結ぶゴムに通し、手首につけてやった。保は珍しそうに手首を持ち上げて、しげしげと眺めている。強い風が吹いて保の前髪が乱れ、額の傷があらわになった。

「痛かった、でしょう」

保は無表情のまま、なにも答えなかった。向かい風に目を閉じることも顔を伏せることもせず、職員の男性のほうを見ていた。それが保の答えなんだと思った。

「そろそろ行かなくちゃ」

じゃあね、と保に背を向け、施設を後にした。

電車に乗る前にポストを見つけたので、絵葉書を投函《とうかん》した。投函する直前、もう何枚目になるだろうと考えたが、わからないまま手を放した。絵葉書は音もたてずにポストの中に落ちて、投函口から覗いてみてもう、どこにあるのかわからなかった。

絵葉書にはわたしの住所や名前を書かない。英輔の話によると、春日先生はあの後まもなく高校を辞めた。今は一般の企業に勤めているという。子どもは娘がふたりと、息子がひとり。春日先生が教師でいられなくなった理由は、わたしの家出を手伝ったことかもしれない。それを知らされてもなお、わたしにできるのは、春日先生とした約束を守ることだけなのだ。生きている、という約束。絵葉書に書くメッセージはいつも同じだ。

Good girls go to heaven, bad girls go everywhere.

「どこにでも」には、きっと地獄が含まれている。

英輔はカスミさんと去年結婚し、子どもが生まれた。工務店の仕事は今も続けている。父からはそろそろ細田建設に入る気はないかと誘われているが、その気はないそうだ。

志道さんは自分が所有しているマンションの一室でひとり暮らしている。あの日、『のばらのいえ』は火事になったが、全焼する前に消し止められた。志道さんは消防隊によって救出されたけれども、火傷《やけど》の後遺症を理由に細田建設を辞めた。不動産を持っているから生活には困らない。

英輔は志道さんのマンションのすぐ近くに住んでいて、週に一度は訪ねていくという。死ぬまであの人を監視する、とわたしに約束した。もう二度と同じことがおこらないように。憎悪を抱え、でもけっして手を下さず、ただいちばん近くにいてその死を見届けるという役割を背負うと、わたしに宣言した。

燃える『のばらのいえ』をあとにしたわたしたちは、まずきみ香さんのもとに向かった。受け取った郵便物の宛名の震える字は紛れもなく実奈子さんの手によるものだった。カードには、ごく短い動画が保存されていた。日付から察するにわたしや紘果がまだ高校生の頃に撮影されたものだ。

砂浜で子どもの写真を撮っている志道さんらしき人物の姿がうつっていた。こっそりあとをつけて遠くから撮ったようだ。ひどくぼやけていたし、画面がぶれていて、なんの証拠にもならなかった。実奈子さんがわたしに送ったのがこんな代物だとわかっていたら、志道さんはわたしを『のばらのいえ』に連れ戻して取り返そうなどとはけっして思わなかっただろう。

たいした写真じゃない、と志道さんは言っていた。裸ってわけでもなし、と。志道さんが秋月たちに売った写真が法で罰することができないものだったとしても、罪は罪だ。誰かの人生に暗い影を落とすということ。それが罪でなくてなんだというのだろう。

『のばらのいえ』はもうすぐ取り壊され、影もかたちもなくなる。でも記憶は消えない。けっして消えることがない。

アパートのドアの前で鍵を探していると、お隣のドアが開いた。帰ってきたのね、と藤枝《ふじえだ》さんの明るい声が廊下に響き渡る。

藤枝さんは七十代の女性だ。夫に先立たれたあとはずっとひとり暮らしをしている。子どもも孫もいるが遠方に住んでいるし、なかなか会えなくなったというそのせいだろうか、確実にうちを訪ねてくる回数が増えた。来るたびになにか手土産をくれる。

今日は桃だ。駅前の青果店で、大きくて甘そうなのが売っていたから、と藤枝さんが白いビニール袋を掲げた。

「わ、こんなに。ありがとうございます」

淡い色の果皮に軽く触れただけで、甘やかな匂いが濃くなる。

時々「いいんだろうか」と思うことがある。こんなふうに親切な隣人を得て。春日先生や、きみ香さんや、その他のいろんな人たちの手を借りて生きてきたわたしは、まだ誰にも手を貸せていない。そのことに、時折焦る。安堵もする。誰かに手を貸したと思えた瞬間に、わたしはきっとこの荷物をおろしてしまうから。

果皮の産毛の感触を楽しんでいると、藤枝さんが「紘果さんは？」と首を傾げた。

「ああ、ちょっと大学のほうに行ってます。もうそろそろ帰ってくるんじゃないかな」

「大学？」

「そうなんです。去年から行きはじめて」

大学と言っても通信制だが、たまにスクーリングといって大学に行く日がある。ふたりそろって入学するお金はないから、話し合って紘果を通わせることにした。

願書に添える作文を書くのに二週間近くもかかった。講義の内容についていけず、あるいはテキスト文中の漢字が読めず、中学生向けの参考書や辞書を手繰る日もある。

紘果は、以前は自分の行く先には道が一本きりしか見えなかったと言った。でも今は「あれ、ここにも道が」「すこし先にも道が」と、つぎつぎと枝分かれした道があらわれたような気持ちなのだと。それを聞いた時、わたしは「そう」とそっけなく答えて、なにか適当な言い訳をして外に出た。物陰にしゃがみこんで、しばらく泣いた。あふれ出した湯のような涙の雫は、祝福の拍手のようにわたしの抱えた膝を叩き続けた。

お茶でもどうですかと誘うと、藤枝さんはいそいそとあがってきた。

「すみません、散らかってて」

テーブルの上に放り出された紘果のテキストやノートを重ね、端に寄せる。

「かまいませんよ。それより、いい匂いねえ」

藤枝さんがオーバーに鼻をひくつかせるので、思わず笑ってしまう。

「このあいだいただいた野菜を煮こんで、スープにしたんです」

出掛ける前に煮こんだから、まだ部屋中に香りが残っている。紘果が帰ったら桃の皮の剝きかたを教えてあげようと考えていると、「はやく帰ってくるといいわね」と藤枝さんが微笑んだ。

「え？」

「今、紘果さんのこと、考えてたでしょう」

図星をさされたせいで頰が熱を帯び、マスクをしていてよかったと思う。

「あなたたちはほんとうに、仲がいいから」

引っ越してきたばかりの頃「姉妹なの？」と訊かれた。いいえ、と首を振ると、親戚？　友だち？　恋人？　とつぎつぎと質問が続いた。

「そのぜんぶよりもっと近くて遠くて、ずっとずっといいものです。すくなくともわたしにとっては」

あの時、わたしはたしかそう答えた。藤枝さんは「それは素敵ねえ」と笑って、それ以上はもうなにも訊ねないでおいてくれた。

わたしたちはともに暮らしている。でもいつかはきっと枝分かれした別々の道を選ぶ。

このアパートは壁もドアも薄くて、外廊下を誰かが歩いているとすぐにわかる。そして、わたしは近づいてくるこの足音が他の誰でもなく紘果のものだと判別できるのだった。「帰ってきたみたいです」と言うのと同時に、鍵のまわる音がして、ドアが勢いよく開いた。

「ただいま。いい匂いだね。あ、来てたんですかこんにちは。ねえ祐希、わたしお腹空いちゃった」

紘果は入ってくるなりにぎやかに喋り出して、藤枝さんを苦笑させる。わたしはいつものように「おかえり」と声をかけた。どこへでも行けるわたしたちは、今日もおたがい、ここに帰ってきた。

本作は書下ろしです。

寺地はるな（てらち・はるな）

1977年佐賀県生まれ。2014年「ビオレタ」でポプラ社小説新人賞を受賞し、デビュー。『夜が暗いとはかぎらない』で山本周五郎賞候補。『水を縫う』で吉川英治文学新人賞候補、河合隼雄物語賞受賞。ほかに『みちづれはいても、ひとり』『大人は泣かないと思っていた』『正しい愛と理想の息子』『川のほとりに立つ者は』など多くの話題作がある。

白《しら》ゆき紅《べに》ばら

2023年２月28日　初版１刷発行

著　者　寺地《てらち》はるな

発行者　三宅貴久

発行所　株式会社 光文社

〒112-8011　東京都文京区音羽1-16-6
電話　編　集　部　03-5395-8254
　　　書籍販売部　03-5395-8116
　　　業　務　部　03-5395-8125
URL　光　文　社　https://www.kobunsha.com/

組　版　萩原印刷

印刷所　萩原印刷

製本所　ナショナル製本

落丁・乱丁本は業務部へご連絡くだされば、お取り替えいたします。

ISBN978-4-334-91515-5